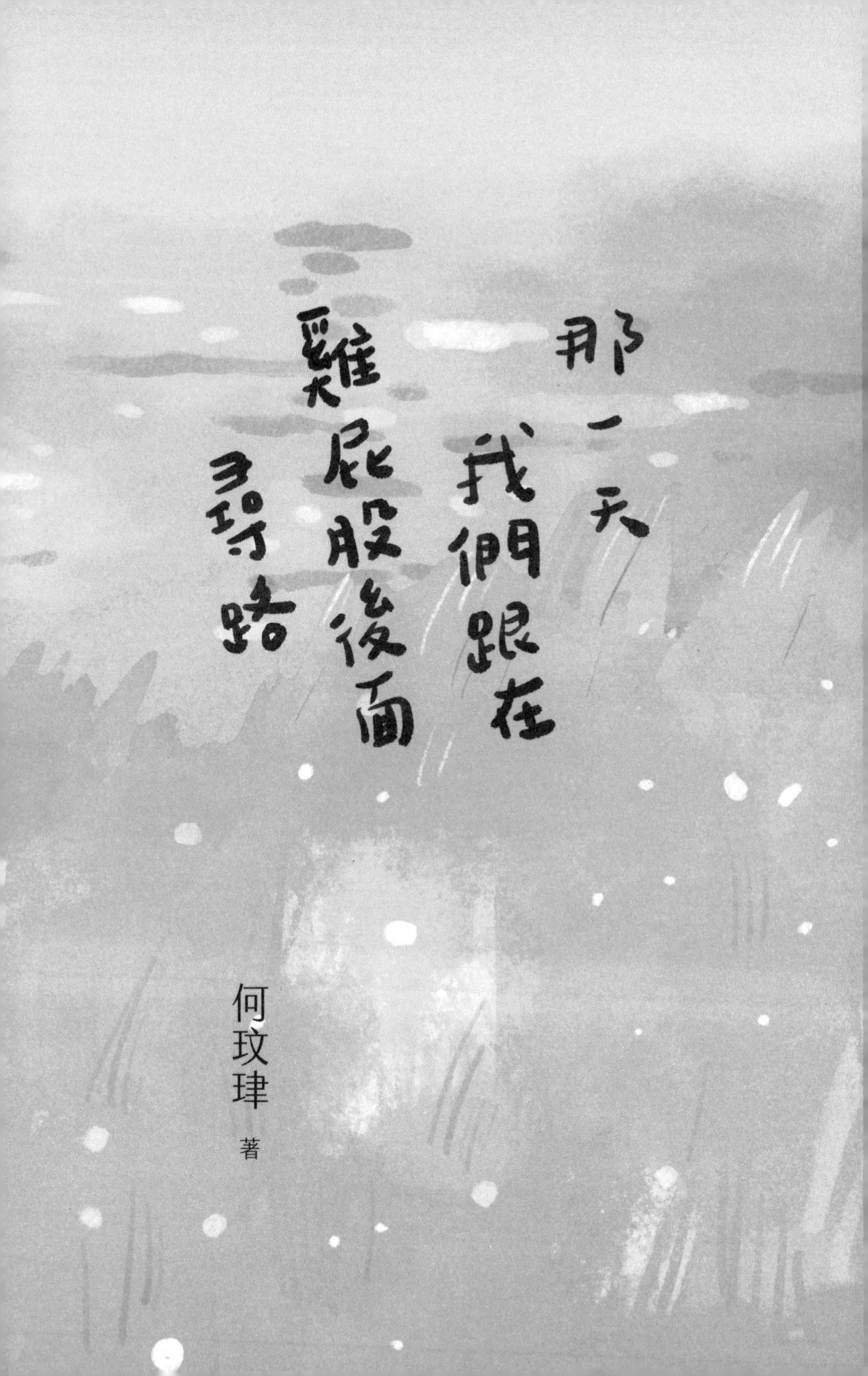

那一天我們跟在雞屁股後面尋路

何玟珒 著

目次

推薦序

共生之後，歡迎光臨「共身烏托邦」

張亦絢

我非常喜歡何玟珒的小說。當我第一次讀到〈那一天我們跟在雞屁股後面尋路〉時，並不知道她如此年輕。在九歌年度小說頒獎典禮會後，看到她那冒充國中生也行的身形，我還用一種小心翼翼對待幼苗的口吻道：「有沒有想繼續創作啊？」因為深怕催得太緊，會適得其反——她在那一年被選入的作者之中，年紀較輕（約二十三歲），儘管我期待甚殷，總覺得會再等個兩、三年，才等得到她的作品集——沒想到，還不到一年，她就交出了如此氣宇軒昂、千姿百媚的小說集。

讀玟珒的小說，我總有種難以言喻的愉快與滿足——收進來的這一批小說，共通的特點就是「底盤很穩，做工很細」。這是在論小說的思考性或批判性之前，「小說家的好手藝」就會先帶給我們的感動與歡喜。讀者讀她的小說，應該都會有一種分外輕鬆的感覺——這是與作者謹守小說家的職能，不過多也不過少運用形式的負載可能，且對於小說與讀者的傳統溝通手法，比如懸疑或故事性，都有熟而不爛的能力有關——在這個向度上，她的取徑，大概最像王定國。

玟瑋一開始讓我最刮目相看的，其實還有她引入喜劇的天分。我始終覺得喜劇是異常困難的一種元素。喜劇的境界要走微妙的路數，不量販、不矯情、不刻板大概是三個重要的準則——可以通過考驗的應該不多——但玟瑋就是少數把這鋼索走得異常漂亮的例子。〈電梯上樓〉與〈致親愛的盤子A小姐〉裡的「喜劇」元素，幾乎是恐怖片式的——一閃而過——但正因用得如此輕巧與短暫，它們的效果反而十分深刻。〈致親愛的盤子A小姐〉的結構、形式與細節描述尤其完整，裡面女主角被戲稱為「依萊克特拉」，希臘神話人物被引申為戀父情結的代稱——給整篇小說的反身性與複義性，一個更加開放與複雜的層次。如以棋局喻布局，我一讀到就眉毛挑起，心道：「下子奇準。」

我曾偶然在一部影集中，看到一個情節：被父親一再壓迫矯正性向治療的男同志，在受不了的狀況，轉而意圖強暴父親——這是個逼近臨界點的標誌。無論實施或未遂，它在語義上都是「必要的」——雖然顛倒了人們對「強暴」的想像，但也抹除了思考的死角——這與鼓吹什麼行為較無關係，而是提供對行為語法的透析——一種文學藝術的重要任務。這與〈電梯上樓〉中的驚悚，是可以比併討論的。

書中許多篇都涉及了「家中性侵」或「同志消亡」的主題——但玟瑋對暴力的注意，

有很大部分與記憶塗銷或錯置更有關，而非僅僅是人身的「第一次陣亡」。「家」更包括了「亦母亦僕」的移住家居照護工。如果把〈疼痛轉生〉、〈蝶〉、〈一個男人的攝影史〉、〈一個如妳這般的人〉或〈論集體失憶在家族場域中實踐的可能性〉，甚至加上前面提到〈雞屁股〉、〈盤子〉、〈電梯〉等篇並置，何玟珒的整體關切可以看作是一個「從共生到共身」的「新家族」與「再現身」。休戚與共的組合，不僅包括生者與死者、照顧者與被照顧者、約炮死者等各種性少數與其他、創作者與「題材」（被攝者與蝶的屍身等）——這裡提出的問題十分嚴肅：如果不能共身，是否真能共生？

　　而何玟珒藉民俗的「附身」書寫，也超出了民俗常被限制於「在地」、「傳統」、「臺灣」或「信仰」的符碼單位，取得了「共生」只以身分或認同相認，所尚難企及的「共身」烏托邦。

那一天我們跟在雞屁股後面尋路

臺南的柏油路熱氣蒸騰，經過日光曝曬過後的街景在視野裡晃動。小臻騎著摩托車在路上亂晃，安全帽悶著頭髮，熱風夾帶海的鹹味吹過我們的皮膚。我一手摟著小臻的腰，另一手緊抓皮包，那裡面放著一個紅包袋。

為了尋找合適的地點，我和小臻在附近繞了好幾圈卻一直沒找到心儀的地方，小臻不斷碎碎念，我發著呆，時不時以「嗯、啊、哦」附和，那些被風吹糊的音節其實並沒有進到我的耳朵裡。我一直在想咩咩。

突然一個急煞。我的腦袋撞上她的安全帽。幹你娘。小臻罵出聲。

「怎麼了？」

「幹，有雞啦！」小臻朝機車龍頭前面抬了抬下巴。

我推了推被撞歪的眼鏡，看前方一隻白雞小跑步橫越馬路，那隻雞撲打翅膀，似飛不飛地快速交換踩在柏油路上的雞腳，直到抵達路旁的草叢才終於停下。牠像喘了口氣似地，伸著腦袋左右徘徊了一下，最後站定直直盯著我們。

「臺南有這麼鄉下嗎？雞都可以隨便在馬路上跑的哦？」小臻打量了下那隻體態肥美的白雞，「欸妳敢不敢抓？帶回去加菜。」

「那是『白鳳』，神明開光的時候用過的，不能抓。」

「妳怎麼知道？」

「以前跟咩咩看過阿公做開光儀式，用的就是這種雞。」

和家中信仰天主教的小臻不同，我和咩咩自幼生長於法師世家，長期浸淫在廟宇祭儀文化裡面，跟著祖父輩走遍臺南大大小小的廟宇，大人辦法事，我們小孩就在廟埕或廟裡玩耍，從小見多了這些科儀，有些儀式就算不清楚細節，也懂得大概流程。咩咩知道的事情應該比我更詳細，畢竟家裡有意讓咩咩成為接班人。

神明開光點眼需要取雞冠血，將雞血混著硃砂以筆點在神像的眼耳口鼻上，再以八卦鏡折射陽光到神像上，整套儀式完成，神像才算是有了靈，能入廟被人祭拜，為信徒排憂解難。

咩咩曾經親身參與過開光儀式，負責抓住那隻將被割開雞冠的白鳳雞，咩咩當時很不情願，我還記得那時的場景：金身面上包裹紅布，被遙遙迎進廟壇前，綁上紅頭巾的父親在壇前念咒搖鈴吹龍角，而後一手捉起雞，在神像面前比劃：祖師為我敕靈雞本師為我敕靈雞你未敕是凡間雞敕了化成開光雞點天天清點地地靈點人人興旺點神神復興點了凶神惡鬼慢走不停留……。

那隻雞雙腳被繩子繫起，翅膀被父親牢牢抓住，被迫伸長脖子如一只澆花器，那隻白雞轉著眼，啼都不啼一聲。父親拿起劍，把雞交給咩咩，咩咩一邊控制臉部表情一邊接過雞，他手上的白雞垂著腦袋，並不掙扎，直到父親以劍刃劃開雞冠，牠才淒厲地啼叫起來，撲動翅膀欲掙脫肉身的痛與桎梏，咩咩險些沒抓住掙扎的白鳳雞，父親眼明手快地制住牠的脖頸，雞血入碟，父親以眼神示意咩咩把雞帶走，儀式結束後咩咩邊哭邊把白鳳雞腳上的繩子解開。走吧、走吧，不痛了，你自由了，他說。

「啊那這些被割過的雞怎麼辦？」

「神明用過的雞不能養、不能吃，只能放生。讓牠們自己去流浪。」

然後有些雞流浪、流浪著就不見了。我在心底暗暗補充，就像咩咩一樣。

那隻白雞歪了歪頭，看了我們一會兒，隨後對我們失去興趣，扭過肥胖的身軀，顛著屁股走了。小臻說難得遇到白鳳神雞，看牠很有靈性的樣子，我們要不要跟上去看牠會給我們什麼指示？我說好。

她放慢機車速度，我和小臻兩人一車緩緩地跟在白雞屁股後面走。認真想來這畫面其實滿荒謬的，但我現在沒心情笑，害我無法揚起嘴角的罪魁禍首現在就在我包裡。

「楊振剛真的很麻煩欸！連死了都這麼麻煩，虧妳能忍受他這麼久。」

「咩咩是我……我是他姐，如果連我都不幫他，他要怎麼辦？」

楊振剛就是咩咩，原本是我弟後來變成我妹的那個人，有些時候我很難對旁人或長輩解釋這其中的曲折，我自己一開始也無法習慣本來一直叫弟弟的人變成妹妹，於是我折衷改口叫他「咩咩」，或者是拉長音調的「咩——」，除了我每次叫他的時候聽起來都像學羊叫以外，我們對這個名字都沒有什麼不滿。

「喔幹！對啦是咩咩。我每次都忘記。」小臻咋了下舌，「就連這點也很麻煩。」

「習慣就好了。」

很多事情都是習慣就好了，然而家中除了我以外，其他的人都無法習慣咩咩的改變，咩咩由男化女代表的是，家裡沒有男丁可以傳宗接代，祖傳的法師事業亦無以為繼，但有件事情他們都忘記了（或者是刻意不提起），獨獨我記得清晰——關於咩咩本來應該是女生這件事。

我參與了咩咩一部分的歷史，他的史前史與我的童年疊合，同樣起始於中國城地下街的喧鬧繁華。彼時中國城尚未沒落，青年男女在此地吃食、購物、戀愛，音響喇叭播放最新的流行曲；店家櫥窗展示時尚潮流趨勢；牆面上貼著臺港日歐美明星的海報……商場裡混雜著各式氣味，食物、汗水與香氛雜揉成一條恆河水，人身往復如舟，行進間沾染滿身俗世塵味，地下街裡人潮來往，母親緊牽著我的手，繞過滿街商客拐進一家命理館。

那家命理館燃著味道詭異的熏香，面對走道的櫥窗貼滿命理師的個人宣傳海報，「算命改名，掌握未來」。一組沙發、一個書櫃和一張書桌占滿狹小的店面，那命理師是名肥胖的中年男子，髮線極高露出大半光亮的額頭，他堆起了笑容招呼我們：「歡迎歡迎，要問什麼？」

「我想問我這一胎是男是女，之前有給人看過……」母親順了順我的頭髮，遞出寫了生辰八字的紙條，「他說我這女兒會招弟弟，是不是真的？」

男人看了眼母親猶算平坦的小腹，說：「哦……我看看……沒有餒。妳這個命盤……命理裡面齁，說妳注定會生兩個女兒欸，啊男生……男生要再看看啦……好像有又好像沒有。」

「所以到底是有還是沒有？」

「很難說欸……妳這個、這個很奇怪，我第一次看到餒！」

「嗄？那要怎麼辦？我夫家想要有人能繼承家業，最好是能生個兒子。」

「怎麼辦喔？那妳要不要去求夫人媽做『換斗』儀式？把女孩子換成男孩子，我有認識的紅頭仔，他齁，法力高強……。」

「不用了。」母親打斷他，收回那張生辰紙，「我公公就是做法事的。」

我坐在搖搖車裡舔著雞蛋冰，看母親拿著手機與另一端的友人聊天。我公公就是做法事的。她說，我只是害怕，要是我換斗了，生出來的還是女孩子怎麼辦？

母親回家之後詢問祖父和父親的意見，那天晚上空氣濕熱，小飛蚊在家門口迎燈而聚，祖父坐在昏黃燈光裡，一邊揮扇驅趕蚊蟲，一邊說：「好啊！若是夫人媽同意，咱就來做換斗儀，俉共物件攢予好。」

在正式進行儀式之前，父親先帶著全家人到臨水夫人廟，問夫人媽願不願意幫我們這個忙，父親為代表在夫人媽面前擲筊，他在夫人媽壇前跪了許久，連擲好幾個笑筊，父親額上冒汗，母親牽著我的手越來越用力，最後父親說：「夫人媽，這胎若是生查埔的，伊以後就予祢差用。」此話方落，筊杯落下一正一反，夫人媽勉強同意。父親說母親腹中的孩子很得神明的緣。

母親讓我把事前準備好的蓮焦花放在一旁，祖父綁上頭巾、穿起道袍，念了一長串令人頭昏腦脹的咒，我那時年幼，看著祖父在十二婆姐面前亂舞忍不住發笑。廟方人員搬來長凳，在長凳下點起七星燈，那些蠟燭讓我想起前陣子過生日時母親為我買的蛋糕。

百花橋三上三下，母親將我抱上覆蓋著黑布的長凳，父母跟在我身後踏上長凳，我們三人與母親腹中的胎兒從此岸渡至彼岸，婆姐笑看。母親的子宮是一座花叢，白花為男，紅花為女，母親要從血池中摘去紅花，留下不被經血沾染的白花，月經在子宮裡面都是豔紅繁花。

儀式結束後，母親將施過法的蓮蕉花帶回去悉心照顧，幾個月後咩咩以男兒身出生，成為我弟弟。

他要先成為我弟弟，然後才能成為我妹妹。這個過程像一個漫長的毛細現象實驗，像我現在正在使用的衛生棉條，經血慢慢浸染棉條，除非到了不得不更換棉條時要把塞進去的東西再次拿出來，不然不會有人知道白色什麼時候會全都變成紅色。

我記得咩咩在讀國中的時候，表現出來的樣子都與普通的男孩無異：喜歡看《海賊王》、《火影忍者》、《獵人》和 NBA 籃球賽；喜歡寬鬆連帽 T、運動褲和球鞋；喜歡班上成績最好的女生……許久之後我才明白他的喜好並不具有劃分性別的意義，他所愛過的一切事物，我身為女生也同樣喜歡過，我不能以此為證據指認咩咩到國中為止都還是個「男生」，或許他打從一開始就是喜歡那些東西的女生。

然而，我能夠指認出那個瞬間，那個咩咩在我眼前莫名陌生的瞬間：那是我剛從大學畢業，正準備考研究所的時候，母親在我備考期間奇蹟似地懷上了第三胎，那時母親已是高齡產婦，胎兒狀況不穩，醫生囑咐母親在日常生活中要多注意，為了照顧母親，那段時間我每個週末都回家。饒是如此，在懷孕第十七週的時候，母親還是沒能保住腹中的胎兒，某日深夜時分，我聽見母親的哭喊，嚇得趕緊從床上起身跑到浴室查看狀況。母親癱坐在地上，浴室磁磚上有鮮血流淌，面對滿地血汙，我和母親都慌得臉色蒼白，她不停哭著喊痛。

然後咩咩來了，那是一個非常奇異、我難以形容的瞬間，周遭空氣似乎都凝滯了，母親的哭喊聲也停了下來。當時還是國中小屁孩的咩咩，看上去卻是莊嚴慈悲，自他口中吐出的字句悲憫，那是一道非常女性化的嗓音，絕非當時變聲期的咩咩能發出的聲音。這个囡仔佮妳無緣，妳莫執訣。他說。

他蹲下身輕撫母親發汗濕黏的頭髮，輕聲安慰，母親流著淚暈了過去，咩咩為母親清理下身血塊，在無數血塊中有一個娃娃似的東西，那東西蜷縮成一團落在地上，咩咩用浴巾將它包裹起來抱在懷裡，像慈愛的母神那般。我打電話叫救護車，過了段時間，醫護人員衝進浴室把母親抬上擔架送醫，我和咩咩也一起去了醫院，忙完入院手續後在醫院過了一夜。

一覺醒來之後，咩咩對昨夜的事情毫無印象，確認母親安全無虞後就踩著拖鞋回家補眠了，而那天母親甦醒，說的第一句話是：「我昨天好像看到了夫人媽。」

我想起小學時三腳貓命理師的話，那一長串關於母親介於有和沒有之間的生男預言，咩咩用浴巾包裹的胎兒後來交給了院方，我無從確認我是失去了一個弟弟還是妹妹。

日後我想要找那個命理師卻都找不到了，昔日他店鋪所在的中國城地下街已被爆破拆除，成了親水公園，過去藏在建物底下的暗面都被翻出來曝曬在太陽下。親水公園剛落成的時候我去過一次，那公園中央是一條人造大河，連接環河街與康樂街，水深及膝，兩岸與河中鋪上白石如沙洲，植栽散布其中，我對植物沒有研究，實在分不出那些植物究竟是真的還是人造的。

我在孩子們的嘻笑聲中從這岸渡水至彼岸，河道中保存部分中國城的殘跡梁柱，像是在提醒未曾經歷過中國城時代的臺南人這裡曾有座商場和地下街，無數青年男女在影廳、冰宮、小吃街、唱片行、遊樂廳中恣意揮霍過青春，大把時間像廟中籤紙任人抽取。我行過那些斷垣殘跡，認不出我過去曾逛過的街。

咩咩出生的時間晚，他沒有經歷過中國城最輝煌繁華的年代，他出生之後沒過幾年光陰，中國城便成為大人口中「平時沒事不要去」的地方，但他的青春期中仍有一條地下街陪著他成長，那是臺南火車站附近位於鉅星大樓底下的南方地下街。

彼時我們一起在那棟大樓裡補習，我打算考公職，他則準備考大學，大樓的電梯只有兩座，每到國高中放學時間，前去補習等電梯的學生隊伍總是排得老長，隊伍的最外緣險險踩在人行道與馬路的交界上，學子身後即是車水馬龍。

尋常學生搭電梯都是往上，很少有人會按下B1的樓層鍵，我很懷疑除了我跟咩咩以外，是否還有人知道那棟大樓底下有條地下街。那條街連結民族路與中山路，比起幼時曾去過的中國城，那條地下街相較起來非常短，店面也不多，許多空間都是冷冷清清地閒置著。在咩咩的女性意識逐漸崛起，開始想換穿女裝之時，我和他相中那裡人煙稀少，且有洗手間，遂時常趁著補習空檔溜到地下街的女廁裡，咩咩換裝，而我負責把風。

我依舊記得咩咩第一次穿女裝的情況：我們躡手躡腳地溜進女廁，他躲進廁所隔間，而我則在外面洗手臺等他，並防備著如有人進來上廁所，就要暗示咩咩先待在隔間裡等著不要出來。他的首次女裝是一套白底的碎花襯衫和黑色長褲，配色有些老氣，感覺很像婆婆媽媽在菜市場會買的衣服，我猜想他是因為便宜才買的。

鏡中的楊振剛看起來非常滑稽，他的壯碩身材收在明顯過小的衣服裡，腰線拉高至他的肋骨下方，碎花圖案變形成草履蟲，褲子的腰扣扣不上。坦白說楊振剛並不是那種普世審美下會適合穿女裝的男生。小臻給我看過FB、Dcard、PTT上的女裝版和女裝社團，社群網站上的男孩們穿起女裝雌雄莫辨，大眼膚白長髮身材姣好，對著鏡頭擺出各種撩人或賣萌的姿勢。

當小臻知道楊振剛也穿女裝時，她問我穿起女裝的楊振剛是不是和他們屬於同一個類型？我說不是。纖細美麗的女裝男子們受萬人追捧，敢於在社群網站上大秀自己的自信與美麗，而楊振剛距離他們太遙遠，穿上女裝的他更像是反串的諧星。

高中的、第一次穿女裝的楊振剛站在女廁洗手臺前盯著鏡中的自己許久，女廁的燈光慘白慘白地打在他臉上，他問我：「姐仔，我是毋是誠歹看？」

「袂啦！你只是無化妝爾爾，化妝了後就會變足媠啊！」

那個當下，我很想哭。日後每次想起這件事情，想起他曾哭喪著臉問我那句「姐仔，我是毋是誠歹看？」，我都會鼻酸。即便之後他去做了變性手術，擁有一具比較適合穿女裝和化妝的身體，我還是會不斷回想起他在地下街廁所的那一日。

千禧年後的我們各自經歷人生的重大決定，我考上公務員出了社會、結婚、離婚然後交了一個比我小的女朋友；他則考上成大都計、當兵、念研究所以及決定動變性手術。我們都讓父母承受不小的衝擊，因為家中事業無人繼承的緣故，母親哭了許久，父親好幾年都不願意和我們說話，最令我訝異的是祖父的反應。隨在伊去。他說。我不確定他是放棄還是看開了。

咩咩是在看完中國城拆除前的樣子才決定變性的，他的畢業論文是關於中國城的都更改造，我陪他去幫忙拍照。面臨拆除的商場和地下街顯得破敗寂寥，與我印象中的熱鬧景象相差甚遠，唯一能和我的童年記憶相互疊合的只剩中國牌坊似的正門，歇山式的金色屋頂落寞，沿著牆壁懸掛的抗議布條垂頭喪氣地隨風鼓起又落下。

咩咩拿著相機跨過障礙物進到建築內部，相機鏡頭逐一框起舊時代的存有：泛黃的明星海報、生塵的桌椅與櫃檯、破損的燈箱以及緊緊拉下噴著「已點交」油漆的鐵門。時光停滯在無人在乎的瞬間，昔日用來營生的物什都被棄置在漫長的年歲裡長出灰塵，我們在地面上、地面下各繞了一圈，幾隻流浪貓狗趴在地上懶懶地看我們走過。

雖然蕭索，但整個中國城也沒有到可被稱之為「死城」的地步，部分商家仍然開門營業如服飾攤、卡拉ＯＫ，點播機傳出的臺語歌曲流淌在街上，幾名中老年人坐在塑膠凳或躺椅上隨著音樂哼唱。行經一處女裝店時，一名中年婦女叫住了他：「少年的，足久無看著你矣呢！啊另外一个少年仔咧？」

「伊無閒啦！」

「啊這个敢是你女朋友？」

「毋是，這我阿姐。」

我在那一天知道他的第一套女裝是在中國城買的。我們閒晃著搭電梯上樓，到幾年前正式關閉的中國城大戲院，大門深鎖，幾張舊電影海報猶黏在牆上沒有撕下。

咩咩在電影院前的階梯上對我坦承，他高中讀男校的時候曾交過一個男朋友，他們在無人的二輪片影廳裡有了第一次性經驗，他弄髒制服，在只有女裝店開著的地下街裡買下那套衣服，他沒敢換上襯衫，只換了褲子。

「難怪你要買黑褲。敢會疼？」

「夭壽疼。」他承認，「那種時候特別想變成女生。」

「幹。女生也會痛的好嗎？」我翻了個白眼，「要做手術嗎？想好了？你有錢嗎？」

「有。存了一筆。」

「想好了就去吧。我罩你。」

經過一系列的心理評估，在中國城爆破拆除的那一年，楊振剛拆掉了他身上的男性性徵。如割開白鳳雞雞冠那般，醫生切割他的陰莖組織，塑成一個人工陰道。身為唯一支持他變性的家屬，我透過網路上的模擬影片理解即將發生在咩咩身上的事情，手術的費用高昂且術後仍需服藥、打針，以改變激素分泌。當年母親將咩咩由女化男只需一道儀式，而他要從男生變回女生卻需要走上那麼長的一段路。

手術完成後我去醫院探望咩咩，她見我來了便脫下內褲，掀開被子一角問我：「姐仔，婧無？」

「夭壽喔！褲子穿好啦！」

「姐仔，幫我看一下嘛！」她用撒嬌的語氣求我，「除了妳，我找誰幫我看啦！」

我翻了個白眼，莫可奈何地低頭幫咩咩看她的新器官，仔細觀察後對她說：「做得很好啦！跟我的差不多。」

「真的喔？」

「騙妳幹麼？」

經過我再三保證，咩咩這才放心地笑了出來。

咩咩用她的新身體活了許多年，直到癌症找上她，說來諷刺，她變成女生之後，連罹患的癌症都特別「女性化」，咩咩得的是乳癌，發現時已經是癌末了。小臻說她很衰，我也這麼覺得，而咩咩本人倒是很看得開。

啊不然能怎麼辦？她說，遇上就遇上了啊！

確實是不能怎麼樣，性別借助現代科技仍有轉換的可能，但生死不是，命中注定的死局無可逆反，死結解不開。

咩咩說她最大的遺憾就是沒能穿上婚紗結婚。「女人一生一次的婚禮欸！穿上婚紗是所有女生的夢想啊！是女人的浪漫啊！」咩咩是這麼說的，身為女人且結婚又離婚，並打算之後跟小臻結婚的我表示無法理解她的浪漫。

「不然妳火化的時候就穿婚紗好了，都是白的。我可以幫妳做一件。」小臻提議，「反正葬禮也是一生一次。」

「幹！」咩咩正要丟出病床的枕頭，想了想之後又收回了手，「欸，妳說的好像也有道理。」

在一旁的我忽然有些慶幸家裡人基本上都與我們斷絕關係了，不然咩咩的葬禮肯定不能以這麼瘋狂的方式舉行。

「但是妳沒有結婚對象。」我提醒她。

「喔，對欸。」她滿不在乎地聳聳肩，「那等我死後，妳們再幫我冥一個，不然我死後沒人拜我。」

咩咩交代後事的態度像是在安排婚禮大小事宜，小臻負責婚紗的製作，我從旁幫忙。隨著化療療程逐漸拉長，咩咩的頭髮掉了許多，身材也逐漸消瘦，以前不管怎麼嘗試都穿不下的衣服，現在穿著都嫌大。

小臻改了好幾次婚紗的尺寸，每一次試裝都在威脅咩咩不要再瘦下去了，再瘦下去她就不幫她做衣服了。咩咩只是一邊笑，一邊道歉，求小臻再幫忙改一次尺寸。這是最後一次了。她說。

真正的最後一次來臨時，咩咩闔眼躺在棺材裡，臉上帶著禮儀師為她化的精緻妝容，安穩地沉睡著如處於母親的子宮中。我剪下她的頭髮和指甲，小臻為她別上安全別針，好讓衣料合身不會滑落——縱然棺材一蓋上我們也無從確認她的衣著如何。

「要送火化了喔？妳們確定要這樣齁？」

殯葬業者顯然是第一次處裡穿婚紗的屍體，再三向我們確認，我們不斷地回答：是。對。我們確定。就是這樣。

咩咩被送進烈火之中，終成骨灰一罈，再也看不出男女之分。我和小臻先將她放進靈骨塔，接著選在今天要幫她找冥婚對象。在今天之前，我一度猶豫要幫她找新郎還是新娘，咩咩生前是雙性戀，有過男朋友也交過女朋友，每次戀情都意外短暫。

最終是小臻覺得：「楊振剛現在是女生，應該是要找夫家才對吧？」，於是我們帶著裝有紙錢、現金以及她的頭髮和指甲的紅包袋上路，騎著機車到處尋找合適的地點，路途中遇上一隻白鳳雞，現在正期待神明雞能給我們一點指示。

那隻雞走過待開發的土地、走過大馬路、走過運河旁的人行道、走過幾座橋，最終某一處停了下來，牠撲打翅膀飛上紅棕色的欄杆（我第一次見過有雞可以飛那麼高的），居高臨下地看著柏油路上的我們，接著轉了個方向，對著我們撅起屁股，拉了坨屎。雞屎落在運河旁的人行道上，對面隔著一條馬路就是親水公園末端。

「媽媽妳看！爸爸前面有雞雞耶！」

一個小女孩天真無邪地指著欄杆上的白鳳雞大喊著，而女孩的雙親表情尷尬，牽著女孩走遠。

「欸，神明用過的雞指示了，看來就是這裡了。」小臻熄火路邊停車，指著那坨雞屎說，「去放紅包啦！快點。」

「這地點不好吧？親水公園附近都是小孩跟家長，不然就是情侶在約會，一般來說，怎麼看都不是適合找結婚對象的地方啊！」

「不是啊！啊妳家楊振剛是一般的結婚對象呢（nih）？」小臻瞪著眼反駁，「不是說好跟著雞走？神明冥冥之中有注定啦！就是這邊了，趕快放啦齁！妳看，雞在看我們了啦！」

白鳳雞不知何時又轉了回來，偏著小腦袋瓜看我們，似乎不明白我們這兩個愚蠢的人類怎麼還不把事情辦一辦。

「好啦！」

我妥協，從機車後座上下來，將紅包袋放在人行道上，與雞屎保持了一點距離，附近風大，我正想著要不要找塊石頭把它壓住，一陣風好巧不巧颳過，將紅包袋吹進了運河中。目睹這一幕的小臻和我同時罵了一聲「Shit」，衝到欄杆旁看那一抹紅逐漸沉沒在金光閃閃的水面上。白鳳雞鄙夷地發出「咯咯」聲。

「幹。怎麼辦？」我問小臻。

「沒怎麼辦啊！不然妳要下去撈喔？」小臻攤手擺爛，試著安慰我，「這就說明楊振剛沒有結婚的緣分吧？啊不然就是她想開了，覺得不結婚也很好。嗯，妳就這樣想好了。」

在我看著水面發愁時，白鳳雞跳下欄杆，踏上人行道慢悠悠地搖著屁股走了，向著夕陽緩緩消失在遠方。

本文獲二〇二〇年第十屆臺南文學獎優等

電梯上樓

「妳的女兒很孝順喔！」

聽見這話的時候，她明顯愣了一下，過了一會兒才反應過來，這句話是對她說的。她認出不遠處朝她笑著的矮胖女人是與丈夫同病房的患者，矮胖女人是因為急性闌尾炎而住院的，手術後身體好多了，便時常在醫院附近的公園走動，活動筋骨。

矮胖女人衝著她美言女兒好幾句：「我剛剛出來的時候看到妳女兒了，妳女兒對爸爸好好喔！經常來看他欸！妳真的好有福氣喔！生了一個這麼孝順的女兒。」

她笑了笑，答了聲謝謝。

「啊！對了，妳是老師齁？難怪這麼會教。」

「沒有啦！哪有妳說得那麼好？」

丈夫中風快三個月了，身體幾乎癱瘓，難以動彈，眼歪嘴斜，像做工不良的娃娃洩了氣癱在床上，丈夫病後的生活完全無法自理，連排便都需要旁人協助，醫生是這麼說的：

「伯伯現在中風，可能會有大小便失禁或便祕的問題，如果便祕的話不要勉強用力排便，否則會有脫肛的危險。」

「脫肛？不是只有小孩子才會脫肛嗎？」她問。

安弟還小的時候經常脫肛，豔紅色的腸肉被擠出肛門，拔了毛的兔尾巴似的垂在屁股上，她和丈夫常常需要用手把那一小段腸子塞回肛門口，丈夫比較神經質，時不時以手指按壓安弟的肛門，檢查他的腸子有沒有掉出來。好在這病狀會自行痊癒，安弟長大之後就不曾再脫肛了。

「不是只有小孩子，老人家也會。我的建議是，伯伯要大便的時候，家屬可以幫個忙，像這樣……用手指伸進去把大便輕輕搓出來。」

女兒和她在病床旁邊看醫生示範，醫生戴著手套的手指在他的肛門肌肉周遭打轉，輕輕按摩，東摳西搓把穢物帶出來，大便是乾的，一粒一粒落在成人紙尿布上，像安弟小時候養的兔子排出來的糞便，丈夫以前都要求安弟自己撿兔子大便，時光移挪，現在丈夫自己成為了兔子。

「媽媽妳知道嗎？」安弟指著一上一下交疊在一起的兩隻兔子，「公的兔子每天都在發情喔！騎在對方身上的時候，有時候是發情，有時候是宣示自己比較強喔！」

安弟走向籠子，趴下來觀察那兩隻兔子，在上的公兔子快速抖動臀部，發出尖銳的叫聲後，從母兔子身上掉了下來，僵直在一旁宛若死了一般。安弟興奮地說之後會有小兔子出生喔！大概一個月後母兔生下了一窩小兔子，還來不及找人送養，母兔就先咬死了自己的親生骨肉。小兔渾身無毛，肉粉色的身體上還有皺褶未完全舒展開，不及巴掌大的身子沾染血跡點點，她本想趁著安弟沒發現時把屍體丟掉，免得他難過，沒想到安弟看到兔子屍體後的反應意外冷靜。

「喔，原來兔子媽媽覺得這個家不安全啊！」安弟說。小兔和成兔都死掉之後，他們家再也沒養過任何寵物。

她望著丈夫歪斜的嘴臉和僵直的身體，有那麼一瞬間，她想起那隻一交配完就假性死亡的公兔醜態，那雙灰白的眼睛露出恥辱的神色，喉嚨裡發出咕嚕咕嚕的聲音，口水沿著他的嘴角流下。事到如今，丈夫大概覺得很沒面子吧？

她朝他走近，握住他的手，輕聲安慰：「乖喔！你忍耐一點，醫生在幫忙你，等一下你就會比較舒服了喔！」話語出口之際，她有些訝異自己居然還能發出這樣的聲音，自從安弟走後，她就不曾再用這麼溫柔的語調對家人說過話了。丈夫轉動僵直的脖頸看向她，掀動幾下嘴唇，最後仍是什麼都沒說。

啊，他聽得見啊。她在心裡暗想，雙手輕拍他的右手，打從心裡憐憫起眼前的男人。他以前是多麼風流倜儻、英俊偉岸的男人啊！怎麼會在年老之後成了這副德行？或許這就是老天有眼，給他的報應？她淺淺地笑了起來。

與矮胖女人寒暄過後，她走進醫院裡，室內冷氣吹散外頭酷暑，她打了個顫拉緊身上的薄外套，經過大廳時瞥見不少外籍看護與老人家，看護們坐在自己負責照看的長者附近，各自滑起手機或與相熟的其他看護聊天，嘰哩呱啦嘻嘻哈哈，醫院外的公園也差不多是這副情景，醫院內外的差別只在於院外的陽光明豔了些。外傭們喧譁談天，老人們蜷縮在輪椅裡，神情麻木、目光空洞地直視前方或彼此互望，老人們鮮少說話，安靜自持，像努力不要被丟掉的孩子那般。

她微微皺起眉，控制面部表情盡力不讓自己露出太過嫌棄的神情。安弟還小的時候，她請過一個外傭來照顧他，外傭是越南人，家裡的人都叫她阿新，阿新的頭髮很短，身上穿的衣服領口總是過低，稍微彎下身就能看到衣領內的豐滿胸脯，這是安弟告訴她的。安弟說阿新的奶奶很大，安弟還說阿新的動作很粗魯，幫他洗澡的時候都會撞到他的雞雞，害他很痛。

她匪夷所思，直到親自觀察過阿新怎麼幫安弟洗澡後，她才恍然大悟：阿新會先放一大盆水，讓安弟站在盆子中央，自己拿了張凳子坐在盆子旁邊，舀起一小桶水從安弟頭上淋下去，肥皂搓出泡沫後往安弟的身上抹，洗到下半身的時候，阿新沾滿泡沫的兩隻手會圈住他的右腳腳踝往上迅速一嚕，結實的手臂撞上安弟的小陰莖，然後換左腳使出同樣的手法。她看得膽顫心驚，深怕安家的獨苗長期經過這番折騰會絕子絕孫，趕緊要阿新住手，阿新無辜地表示，她在越南老家都是這樣幫她兒子洗澡的。

安弟不在了之後，她辭退阿新，直到懷上第二胎才再次把阿新找回來幫她打理家務，這一待就待到阿新在臺年限期滿，女兒讀中學以前幾乎是阿新一手帶大的。丈夫剛中風那一陣子，女兒也提議過為了省麻煩，乾脆請個外傭來照顧他。她馬上就拒絕了，一來是她已從學校退休，有大把時間可以花用；二來是她從她的教師同事那邊聽說過太多壞例子了，虐待老人啦、偷東西啦、勾引男主人啦……聽得她忽然覺得這些異邦人都不大值得信任。我沒有歧視或看不起的意思，但是我們還是自己顧比較放心。她對女兒這麼說，女兒當時露出不情願的神情，她一時氣極，搬出當國文老師數十年的功力狠狠訓了女兒一頓。

百善孝為先。樹欲靜而風不止，子欲養而親不待，妳這樣怎麼對得起爸爸媽媽？妳自己一個人好就好嗎？妳怎麼可以這麼自私？一點都不為這個家著想，爸爸媽媽養妳到這麼大，妳就是這樣報答我們的嗎？我跟爸爸就只有妳這個女兒，連妳都不要我們，那我們要怎麼辦？妳是不是上大學之後翅膀硬了、學壞了啊！安姿媛妳不要太過分！

女兒翻了個白眼，嘟囔著說：「我很早就壞掉了啦！妳不知道而已。」

她很擔心女兒會真的拋下他們夫妻倆不管，女兒似乎生來就和他們夫妻倆不親，乖巧是乖巧，卻是全然無子女對父母的任性與依賴。女兒自幼便抗拒與她和丈夫有肢體接觸，女兒只願意給阿新抱，親子間像是兩條平行線，她與丈夫彼此糾纏著前行，而女兒則在遙遙彼端獨自行進。

女兒出生後，她曾拿著她的生辰八字去算命，算命仙告訴她，這個女兒肖虎，命盤注定父母緣離，雙親晚年無福。

「但是妳也不用太過擔心啦！看開一點。」算命仙這般安慰她，「有事化解，無事相安……。」

她打斷算命仙的話：「那她的上輩子是什麼？你看得見嗎？」

「啊？什麼？」算命仙誤會她的話，「喔……女兒是父親前世的情人，他們本來就有緣。」

「不是，我不是問這個，我是想問，我女兒上輩子是不是一個男孩子？她是不是我之前早夭的兒子投胎來的？」

「有緣投胎，無命享福。妳覺得這樣有比較好？」算命仙笑著反問，而她無以答話。

看著大廳裡的老人，她不禁憂慮起自己的晚年，她有很多同事退休後被子女送進養老院，久久才能跟兒孫們見上一面，她同樣也害怕自己會像社會新聞上的孤獨老人那樣，隻身老死在家中無人發現，直到屍身發出異味才被人注意到。不會的，姿媛不會這樣對待我們，她在心裡說服自己，就算不情願，姿媛最後還是來醫院跟她一起照顧她爸爸了啊！

姿媛是個孝順的好孩子。她從小就這麼教她了，身為老師，她對自己的教養方針還滿有自信的，學校的學生都喜歡她。她可能不是個好妻子，但她一定是個好媽媽，別人都稱讚她把女兒教得很好。

穿過大廳，她按下電梯鈕。

一樓到了，一樓到矣。電梯開門，電梯門欲開囉。電梯上樓，電梯上樓。

電梯裡的人魚貫而出，她稍稍閃避人群進入電梯，電梯正要關門之際，一名中年男子閃身進來在她身側站定，她覷了那人一眼，默默往電梯角落移動，將背抵在控制面板旁邊的金屬面上，呼救按鈕就在她的手臂旁邊。她知道自己有些小題大作了，年輕時她曾在校園的電梯裡被人偷摸屁股，當時電梯裡只有她和對方兩個人，等門一開她飛奔而出，驚慌之下忘了告訴學校警衛，後來她有一段時間不敢自己搭電梯，非要跟人結伴同行。朋友聽說這件事之後教她一招：妳一進電梯就盡量往四周站，距離求救鈴越近越好。她奉為圭臬，在女兒讀幼稚園時把這招教給了她，每當她們母女倆搭電梯時，一大一小便像臂部長了磁鐵似的往金屬壁面貼去，時時警惕每一個走進電梯裡的異性。

如今她已逾六十歲了，照常理來說已不是會引起男人慾望的年紀，但她還是無法擺脫自年輕時養成的習慣。男子注意到她的動作，目光閃過一絲鄙夷，拉開與她的距離，站到她的斜對角，雙手環胸，以身體語言明確地表示：我對妳沒有興趣。她若無其事地轉過頭，盯著電子面板上的數字從一跳到二。

二樓到了，二樓到矣。電梯開門，電梯門欲開囉。電梯上樓，電梯上樓。

一名孕婦牽著小男孩走進電梯，男孩看上去大概五、六歲，手臂上包著三角巾，頭上纏了一圈繃帶，右眼戴著眼罩，睜著餘下的左眼黑溜溜地看她。看見男孩就讓她想起安弟，安弟小時候很調皮，出去外面玩，回到家身上時不時會多些小傷口，她沒怎麼放在心上。男生嘛！皮一點在所難免。只是當時的她沒想過，自己的兒子有天會皮著皮著就沒了。

「弟弟怎麼了？受了好嚴重的傷哦！」

「他哦？不聽我的話，趁我不注意偷偷去爬樹，從樹上掉下來骨折了。」男孩的媽媽在男孩臉上捏了一把，男孩張著嘴做出誇張的扭曲表情，明明一點都不痛，「再皮啊！」

「要小心一點啊！不多注意點不行啊！」

要小心一點，這句話不知道是對著男孩說的，還是對媽媽說的。他們在公園廁所找到安弟的時候，那些警察也是這麼對她說的。媽媽，妳要多注意你們家的小孩啊！不然怎麼會發生這種事？

安弟的身體軟軟地被裝進屍袋裡，脖子上的割口血液已凝成紅褐色的血痂，一個猙獰的笑裂在安弟脆弱的脖頸，咬斷了他的頸動脈。公園男廁的味道很雜，混合尿騷味、血腥味與淡淡的消毒水味道，她看著安弟流覆汙黃男廁地板的血，紅血涼涼流成池塘，幾分鐘前她的安弟像窒息的魚那般棲在上面，上身衣著完整，下身赤裸，股間帶血，她看見安弟腿間的陰莖像一隻夭折的幼兔癱伏。他側頭瞪著眼直直望向她。

安弟會這樣是我的錯嗎？她不斷地想，是我的錯嗎？

他們在安弟的筆電裡找到安弟與犯人的聊天紀錄，事情被輕易還原得不可思議：少年見網友約炮慘死公廁。丈夫打去報社罵，第二天電子報關於安弟的報導標題變成「少年見網友慘遭性侵殺害」。丈夫說這樣至少能保住些顏面，她很想問他是保住誰的面子？安弟的？他的還是她的？丈夫說全是她的錯，她錯在忙於工作，沒把孩子教好，讓他在網路上交網友，還放任他在半夜偷溜出門。

她任憑丈夫往她身上撒氣，她從丈夫泛紅的眼角看出他的不捨與自責，人都有自我防衛的意識，一旦認知到自己的錯誤超出本身能承受的範圍就會拒絕承認，將憾事發生的原因歸咎於他人。丈夫一定很愛安弟，才會沒有辦法接受這件事。

她不明白自己尊重孩子的隱私、相信自己的孩子有保護自己的基本意識有何錯誤？但既然丈夫說是她的錯，警察說是她的責任，學校的同事私下嚼舌根時亦說她沒有把兒子教好，她與兒子在眾人唇舌間被反覆咀嚼，嚼爛成渣隨口吐出，成為渣沫的她躺在地上，認真反省自己的教養方式大概真的有錯漏。她沒有意識到的保護網破口益發巨大，最終吞噬了她的兒子。後來，像是補破網那般，她和丈夫想把兒子生回來，冒著高齡生產的風險再懷上一胎，誕下了女兒。

為什麼是女兒呢？為什麼偏偏是女兒呢？她對自己生下女兒一事感到極端恐懼。

三樓到了，三樓到矣。電梯開門，電梯門欲開囉。電梯上樓，電梯上樓。

三樓是婦產科，孕婦媽媽牽著小男孩走出電梯。跟阿姨說再見。阿姨再見。男孩搖了搖手，邁開小短腿緊跟著媽媽的腳步走進候診區，她的目光在候診區裡的女人們身上掃了一圈，年齡各異的臉孔挺著起伏程度不一的腹部，眾女相的子宮裡藏著輪迴新生，自體衍生的肉塊與時推移、分化成形，汲取母體的營養以茁壯自身。母親們以一層薄薄的皮肉將世界的惡意隔絕於外，但孩子們降生的那一刻到來，他們還剩下什麼東西可以保護自己呢？

她想起自己空無一物的下腹，曾經孕育兩個生命的器官不復存在，在生女兒的時候，她的子宮破裂大量出血，拿出女兒時醫生一併摘除了她的子宮。我們只能這麼做，他們說，幸好母女均安。「母女均安」，她低念著這四個字，彷彿這就是她身為女人、身為母親最大的價值。

有了安弟的先例，她不敢再讓女兒從眼皮子底下溜走，沒能好好教給安弟的，作為補償，她一一教會女兒：不能跟陌生人走、不能跟陌生人說話、不可以交網友、不可以穿無袖的衣服、不可以穿領口太低的衣服、穿白色襯衫時底下要穿小背心、穿裙子時要穿安全褲、手機的定位不能關、學校五點放學之後要馬上回家、不可以在外逗留、和同學出去玩每隔一個小時要打電話報平安、不可以不接爸爸媽媽的電話、房間不可以關門、事無大小凡事都要跟爸媽報備……女兒很聽話，她要求的事項女兒都有做到，她和她說過安弟的事情，希望女兒能記取早夭哥哥的教訓。女兒乖巧地說好。

她善於把自己變醜，醜到不會引起他人絲毫慾求，這或許是一種生存者偏誤，但無可否認，她確實依靠自己不出眾的外貌安然活到了今日，她將這點生存方式教給女兒。二十多年來，她從未幫女兒買過保養品或化妝品，腹容詩書氣自華，何須脂粉添巧妝？她這般教導女兒，我們不要在意外表，只要好好讀書，喜歡我們的人自然就會喜歡我們。女兒懷疑地看她，但仍是接受了這番理論，不曾埋怨過自己滿臉的青春痘與肥胖身型，青春期的女兒身材像吹漲的氣球，全市最好的女中制服緊緊地貼著她的皮肉，把她裹成了一條粗大的黃瓜，她想女兒發胖的原因是學校課業壓力太大，女兒只能以吃食與睡眠紓壓。

女兒或許豔羨過班上那些身材姣好、面容精緻的同儕，青春少女們擁有年輕胴體、光滑肌膚，制服下勾勒的窈窕曲線是女孩們的資本，用以揮霍於少年少女的競技場，臃腫的女兒在這場青春資本的市場裡是一級貧戶，但她安慰女兒：沒關係，不要羨慕，她們那樣的外表是不會長久的。

那什麼會是長久不變的？女兒反問，而她無以回話。

「總而言之，男生不會娶那種女生當老婆的，妳放心好了。漂亮的女生都很隨便，到最後都只能當小三而已，還更容易遇到危險。」她對女兒這麼說，看著女兒遺傳自她的其貌不揚，她的心底感到相當踏實。

不要擔心、不要擔心，妳還可以再醜一點，醜到不會引起任何人的性慾，妳就安全了。

女兒一直很乖，印象中女兒不曾做出其他令她煩心的事情，除了那一次。那一天讀小一的女兒打了班上同學，老師聯絡她到學校去，她一到學校就看見女兒和另一名小男孩站在教師辦公室裡，兩個孩子身上都掛了彩，男孩哭得一把鼻涕一把淚，女兒則是高昂著頭憋住眼淚，不在對方父母面前落淚。男孩的父母說女兒無緣無故打了他們家的孩子，她問女兒為什麼打人？女兒理直氣壯地說：「是他先在我的脖子上吹氣的，還掀了我的裙子，我當然要打回去！」

「就算是這樣妳也不可以動手打人啊！」她教訓女兒，「媽媽是怎麼教妳的？不能好好用說的，請他不要這樣子嗎？」

「可是他這樣很多次了！」

男孩的家長和老師在一旁打圓場：對不起啊！男孩子調皮搗蛋，我們兒子很喜歡媛媛，所以才會對喜歡的女生惡作劇，希望能引起她的注意，下次不會了。媛媛，以後發生這種事情要先跟老師說啊！

她慶幸自己在上學前有要求女兒穿上安全褲。

「媛媛，妳以後不要跟那種調皮的小孩計較，不要理他們就好了。」

「為什麼？」

「不要理他們，他們自討沒趣就不會再鬧妳了。」

她看了看女兒尚未發育完全的身體，再看了看她早晨親手幫她編的兩條辮子，說：

「媽媽帶妳去剪頭髮，天氣熱了剪短比較涼。」

載著女兒到了理髮廳，女兒坐在理髮的旋轉椅上，靜靜地透過鏡子看她。媽媽，我不想剪頭髮，我想留得長長的，像長髮公主一樣。女兒說。以後我遇到男生調皮搗蛋，我都不會理他。

媽媽，妹妹的頭髮要剪多短？理髮師一面解開女兒的辮子一面問她。理髮師的梳子自女兒的頭髮中段開始一寸寸往上比劃，這樣子？這樣子？還是要更短一些？她閉上眼睛回憶最後一次見到安弟時，安弟的頭髮長度約莫是在耳上，是當時國高中流行的髮型。剃掉吧，她說，剃成跟小男生一樣。剪完頭髮後，女兒握著她剪掉的頭髮哭了許久。她對她感到抱歉。

然而在那之後，女兒班上的男孩再也沒有人敢掀她的裙子。

五樓到了，五樓到矣。電梯開門，電梯門欲開囉。電梯上樓，電梯上樓。

電梯門緩緩開啟，一名打扮豔麗的女人像蝴蝶似的飛了進來，她看見男人離開電梯時側眼看了女人一眼。她細細打量起女人，發現女人並不如乍看之下那般年輕，女人的眼影和眼線之下泅著魚尾，粉底掩不住毛孔粗大和斑紋，醫院電梯慘白的燈光打在她的臉上，她的臉蛋出油反了光，將她的臉部切分成一塊塊膩滑的面積。肯定用了不少保養品吧？她一面偷覷她的臉容一面暗想。

目光瞥見照映在電梯鏡子上的自己，膚色黯淡、肌膚乾燥，她看上去比實際年齡還要老。下意識理了理頭髮，她那頭染過色的短髮仍隱著幾根白髮。到了這個歲數，人不服老真的不行。她從以前就有個想法，所謂的保養，並不是讓自己看起來顯得更年輕，而是讓自己的外表與實際的年歲勉強保持吻合的舉動吧？人啊，生活過著過著，很容易就比自己更老了。

安弟死後，她忘卻喪子之痛的方式是拚命工作、四處兼課，而丈夫的療傷方式迥異於她，丈夫找了另一個女人作為傳宗接代的候補替選，她不知道那女人有沒有為他懷過子嗣，她只知道當時只剩下一個方法能留下丈夫。我們把安弟生回來。她說。

離婚一途並沒有在她的腦海中成形，要是安弟在天之靈知道，他的爸爸媽媽因為失去他而分開，安弟會有多難過呢？還有啊，她也覺得對不起丈夫，覺得丈夫很可憐，他已經失去了一個兒子，如果再失去一個妻子、失去一個家，他還剩下什麼呢？再說了，如果就這麼離婚，不就間接承認自己連自己犯下的錯都無力彌補了嗎？她輸掉一個孩子，不能再輸掉更多。把孩子生回來就好了，她執拗地想，把安弟生回來，然後一切都能像神仙教母修補灰姑娘的破舊衣衫那般，bibbidi-bobbidi-boo，一切恢復原狀，歲月靜好，無憂無愁。

丈夫從身後進入她，她雌伏於丈夫身下，勉力抬起臀部讓女陰承接丈夫的性器，陰部乾燥，丈夫進入時擦過內部帶出疼痛，她的眼角泛淚，丈夫在她體內抽動，迅速射了精，像兔子一樣。安弟說過公兔交配很快，大概只需要三秒鐘。她望向身旁疲累癱倒的丈夫，低低笑出聲來。如果安弟看到他們這樣會說什麼呢？爸爸、媽媽，你們剛剛的樣子跟兔子一樣欸！

沒有刻意避孕的結果是她成功懷上孩子，生下女兒。她和她所生下的女兒顯然沒有滿足丈夫對生殖的慾望，丈夫與外頭的女人從沒斷過聯繫，漫長的出軌歲月，她無力將車頭拉回正軌，她不敢離婚，不敢去想為人師表卻擁有一段破碎的婚姻會引來旁人多少恥笑。啊不是當老師嗎？結果連自己的老公都管不好。就當是為了女兒吧！她說服自己，就當是為了給女兒一個健全的家庭，所以她什麼都可以睜一隻眼閉一隻眼，只要家的形狀還在就好。

外頭的女人貪圖丈夫的錢，而丈夫則是一時被女人年輕姣好的肉體迷了心竅，等時間再過得久一些，等外面那些女人都風華老去，萎縮成風乾的皮囊，丈夫就會回來了。她與丈夫為此爭執無數次，她一向吐不出惡言，長久良好的教養規訓她，使她總是在丈夫的國罵連擊下屈居下風，忘了是第幾回爭吵，她對著不知悔改的丈夫說：「你再這樣子下去，當心老了之後沒人管，你以為外面那些女人會陪著你嗎？你就看以後是誰會照顧你？還不是我跟媛媛？」

媛媛，妳說對不對？她求援似的回頭看向女兒，女兒難得沉默，靜靜地回望她，不否定也不肯定，直直站成人形立牌。

女兒讀小學中年級時，正是她工作最忙的時期，除了兼課以外還要做些行政事務，偶爾還要帶學生到外縣市比賽。出差的時候，為了避免丈夫到外面找女人，在出差前一天，她總會把丈夫的車鑰匙塞進行李箱中帶走，趁著打包行李的時候將女兒叫到房間裡。

「媛媛，媽媽要出差，過兩天才會回來，我不在家的這段期間，妳幫媽媽看好爸爸，把爸爸留在家裡，不要讓他到處亂跑，好不好？」

「好。」女兒點了點頭。

「如果爸爸在找車鑰匙，問妳在哪裡，妳就說不知道，叫他搭公車上班，懂嗎？」

「懂。」女兒再次點了點頭。

「還有，不要讓爸爸去阿新的房間，叫阿新把房間門鎖好。如果他們兩個單獨在一起，妳等媽媽回來跟媽媽說。」

「嗯，好。」

「媛媛真乖。媽媽回來就給妳零用錢。」她摸了摸女兒剛長回來的短髮，伸手抱緊了她，「媽媽相信妳喔！」

等她出差回來，媛媛告訴她兩件事，一是她有乖乖把爸爸留在家裡；二是她的妞妞不舒服。她把阿新叫來訓了一頓，要她在幫女兒洗澡時動作溫柔一點，不要弄痛了女兒如當年的安弟。

六樓到了，六樓到矣。電梯開門，電梯門欲開囉。電梯上樓，電梯上樓。

她在六樓下電梯，消毒水的味道撲鼻而來，她在家裡聞過類似的味道，在主臥的浴室裡、在安弟青春期的房間裡。豔麗女人在她走出電梯後關上電梯門，長廊在她的眼前開展，整條白色的走廊像生命伊始的甬道，然而在此處每扇門後面都是老弱傷殘，散發著生命終末時的腐敗氣味。她想起血泊中的安弟，想起病榻上癱瘓的丈夫。

鞋跟在長廊地板「叩叩叩」地敲出聲響，手臂上掛著數個塑膠袋沙沙作響，袋子裡面各裝著丈夫的換洗衣物與水果，丈夫的衣褲都是她和女兒輪流帶回家洗的，她曾想過在換班時順便帶走丈夫的衣物，女兒老是婉拒她。我自己來就可以了，媽，妳回家休息吧。女兒說。

女兒來換班的時候，手上總是提著大包小包的東西，她問過女兒裡面裝的是什麼，她說是醫療用品，給成人用的。

病房的門虛掩著，她推開房門，放輕腳步走入病房，病房內的第一張床是空著的，用以隔開兩張床的拉簾被人拉上，拉簾後傳出細微的哽咽聲，說是哽咽聲也不對，準確描述應該更像是鯁在喉頭的怒吼難以發聲，只餘下帶著喉音的嗚咽。風從窗戶透了進來，微微吹動兩片藍布起伏，她從簾子與簾子之間的縫隙窺見女兒。

女兒坐在病房的折疊椅上，弓起的腳放在打直的膝上，伸直的那一隻腳跨上病床，腳底板前後搖晃著丈夫股間的某樣棒狀器物，她瞇起眼看清了，那是一支開啟震動功能的按摩棒，插在丈夫的肛門裡。

女兒嘴裡哼著搖籃曲，手上捧著書細細翻閱，絲毫不管她的父親正做出什麼反應，丈夫側著頭，流下屈辱的眼淚。在丈夫乾瘦的身體旁邊，女兒的身形顯得格外強壯，很像許多年以前那隻身型碩大，睥睨身後假死伴侶的母兔。

她匆匆退出病房。她忘了女兒打從國小開始就自己洗澡了。

在無數個懷疑丈夫出門找女人的夜裡，她會把女兒叫來問話，疑心女兒和丈夫達成了某種協定，如她買通女兒那般，丈夫或許也賄賂女兒說謊，以掩蓋他外遇的事實。

「媛媛，妳是不是知道某些媽媽不知道的事情？跟媽媽說好不好？」

「沒有喔，媽媽。」女兒搖頭，「妳知道的事情我都知道。」

她扶著病房門板的手微微顫抖。

「安媽媽？妳怎麼站在這裡？不進去嗎？」丈夫的主治醫生邁步到她身旁，「我來巡診，剛好妳在這裡，等等跟妳說一下安伯伯的狀況。」

醫生和她一起走進病房時，女兒已經收妥成人用具，裝出孝女的模樣，輕柔地在幫丈夫拍背，方才她看到的一切彷彿沒有發生。醫生一面比劃一面交代：伯伯的狀況有逐漸好轉，但短期不建議自行排便，家屬協助的時候不要太勉強患者，上次來看的時候，伯伯有肛裂的現象……她和女兒一一應下，她偷眼去看女兒，女兒神色從容的模樣令她感到陌生。

「今天幫伯伯排便了嗎？」

「還沒有。」

聽見關鍵字，丈夫顯露出抗拒的神色，身體掙動起來卻很快地被年輕力壯的醫生壓制。伯伯我知道你不甘心，可是稍微忍耐一下喔！醫生溫聲安慰，你看，你的妻子女兒都在你身邊，女兒還很孝順呢！

女兒脫下丈夫的褲子和尿布，露出他如枯枝般乾褐的臀部，萎乾的陰莖疲軟腿間，消隱於陰影裡如去勢一般，臀部的肉消得迅速，顯得大腿骨格外明顯，皮膚連黏著骨頭長出來，點點血跡沉痾鬱在皮膚上，她和女兒默契地假裝沒看見。

她將手貼上丈夫的肚腹，順著腸道的方向替他推揉，右下、右上、左上、左下……將肚腹往下輕壓三公分，不斷地繞著圈子。女兒戴上手套，一手掰開丈夫的臀瓣，另一手的手指伸進丈夫的肛門裡，拉闊、伸直、彎曲、摳弄、摩擦……丈夫所剩無幾的大腿肌肉打著顫。

女兒維持住把右手手指插在丈夫肛門裡的姿勢，將上半身微微往前傾，左手扣住丈夫的頭讓他側著頭看向自己的髮妻，從她的角度看過去，女兒就像是側騎在丈夫身上似的，不知道是不是錯覺，她覺得女兒臉上露出一個與年幼時的安弟十分相像的笑容。媽媽妳知道嗎？兔子騎在對方身上的時候，有的時候是發情，有的時候是宣示自己比較強喔！

女兒狀似親暱地靠在他耳邊輕聲說話，眼底帶著強者得勝的笑意。

「爸，你這樣有沒有比較舒服？」

本文獲一〇九年教育部文藝創作獎佳作

一個如妳這般的人

印表機在身側嗡嗡作響，紙面上承載妳想訴說的故事。妳盯著印表機吐紙，在機器吐完紙之後眼明手快地翻過印滿方塊字的紙面，搶在機器吸下一張紙前再送入機械裡，手動雙面印刷，力求在不卡紙的情況下，環保地完成這份大業。

六坪的房間地面鋪滿紙張，每張紙都印滿方塊字，陽光從雅房的小窗灑落，將A4紙張打上了光。妳想起「雪盲症」這個詞彙，一片雪地，雪上的文字是映在視網膜上的黑點，逐漸遮蔽妳的視線，終使妳瞎了眼似的活著，成長為不視他物的盲者。

分了神，妳錯過送紙的最佳時機，印表機吸捲另一張白紙，妳下意識想將紙張抽出，與機械拔河的結果是紙張從中間被撕成兩半，一半在妳手上，一半卡在印表機裡不得進退。卡紙了。靠！妳低聲咒罵自己的愚蠢，眼見打工時間在即，妳只得先取消筆電的列印功能，刪除整份待列印的文件，然後關閉印表機，小心翼翼地將受困印表機的紙張抽出來。紙已經不能用了，尾端皺得像擤過鼻涕的衛生紙，背面印在上頭的字鼻屎似的黏在上面。好吧，這份作廢。

印表機是母親買給妳的大學禮物。妳本想向她說明，大學附近影印店林立，並不需要特別買一臺印表機放在租屋處，可是她相當堅持。妳將來會用到的，印資料啊、印稿件啊，每次都要跑影印店多麻煩？她說。後來事實證明她是對的，妳在求學階段確實用這臺印表機列印了大量課堂講義、各式文件表單，以及，鮮少能得到他人青睞的稿件。

妳的租屋處常備A4影印紙、身分證影印複本及牛皮紙袋，一寫完稿子，列印出來就能馬上到郵局寄出，險險地趕在投稿日截止前投遞。郵局的行員認得妳，看到妳來郵寄包裹，習慣性先拿起印刷品的章蓋在牛皮紙袋上，然後才對答案似地抬眼問妳：「印刷品？」。見妳點頭答「是」，行員露出「我早就知道了」的笑容，在妳結完帳繳清郵資後，隨手將那一疊包裹在牛皮紙袋的A4紙扔進麻布袋裡。

一般而言，一式好幾份的投稿郵資，詩和散文是三十二元，小說多一些往往超過五十元。妳走進郵局投遞稿件時，總有種誤入彩券行買樂透的感覺，人人有希望。妳說不准得獎和中樂透哪一項比較難得，對妳而言那都是太過渺茫的機率。

妳繞過妳寫的散文，背起後背包打開房門，出門上鎖之後，收到母親傳來的訊息，要妳抽空回家整理父親的遺物。因為截止日的緣故，妳在父歿之後一直都沒有時間回去做大掃除，回傳了一個「好」字，妳訂好這個週末回家整理。

老家是一棟只有一層樓的木造日式建築，自從妳和兩名弟弟離家求學之後，父母均分所有空置的房間，兩人使用的空間涇渭分明，屬於父親的那一半堆滿了書，書架放不下的就堆到木地板上，書本一本一本地疊，足足疊起半個人的高度，書籍一疊疊淹沒地板，承重能力再好的木頭也禁不住這樣經年累月的負重，屬於父親的那一半空間，木地板都微微凹陷，傾斜地接住來訪者的足底。妳以為父親房裡的藏書已經足夠可觀，卻沒想到日後妳兼職的出版社辦公室積累了比父親更多的書籍。總編輯告訴妳那些是上一季沒賣掉的書，倉庫裡還有更多庫存。

妳進出版社的第一件工作就是將書本載到紙類回收廠，書本碎成雪，碎雪中不乏大家名作，看著那個場景，妳忽然覺得自己其實也沒必要寫了。浪費紙張。打卡上班，兼職的出版社是做獨立出版的，以出版純文學作品為主，在這個出版業寒冬的世道，妳不得不承認這家公司十分勇敢。整個出版社的員工包含兼職的妳只有五個人，妳固定在每週一、三、五的下午兩點到六點工作，在辦公室裡妳有自己的辦公桌和電腦，辦公桌三面隔板將妳隔絕於其他正職員工之外，許多時候妳安靜如魚，默默做著被交付的工作：校對錯字、聯絡廠商、記帳、蒐集勞務報酬單……妳打開電腦叫出檔案，一句句註記要修改的句子，有人敲響妳正前方的隔板，編輯翠拿著一疊稿件望著妳：「這份稿子妳有很多地方沒有改到，為什麼？」

妳接過那份上頭有好幾處紅圈跟紅筆註記的小說稿件，翻了一下後說：「抱歉，有些地方我漏看了，然後有些地方我以為是作者的習慣用字，不需要改……。」

「妳以為？妳有不確定的地方為什麼不開口問我呢？」翠重重嘆了口氣，「妳這樣我們不就要再重看一次嗎？妳來這裡工作已經三個月了，應該要記住了吧？」

「對不起。」

「說對不起沒有用，把事情做好比較重要。」翠抬頭看了眼時鐘，「我等一下要出去開會，不會接手機，妳有問題就先問其他人。」

翠說完之後就踩著高跟鞋離開了，妳剛坐回位子上，忽然想到應該要先問翠這份要修改的稿子應該要在何時改完交給她？妳從位子上站起來，環顧四周已不見翠的身影，整個辦公室只剩下妳和會計兩個人。

「張姐，那個……。」

「是帳目的事情嗎？不是的話我幫不上忙。」

她隔著老花眼鏡鏡片看妳，眼神中透露「少來煩我」的情緒，妳在她的瞪視下默默縮回電腦後方的位子裡。看來這個月的帳目比較複雜，所以張姐心情不大好。妳這樣在心裡安慰自己，再說除了公司帳目以外的業務，本來就不是張姐該負責的。

自從妳進公司以來，就沒見過全員都在辦公室的場面，多數時候大家都不在位子上，即便在位子上也都是一副忙得不可開交的樣子，妳從第一天上工就明白了，往後不可能會有人手把手地教妳每一項業務，妳要在前人遺留的資料中歸納出這間出版社行事流程；妳要摸索前人的足跡前行。

妳重閱那一份稿件的檔案，訂正所有錯字和語句不通順的地方，檢查了兩遍之後用 LINE 寄給翠，擔心文件打開後格式會跑掉，除了 WORD 檔之外，妳多傳一份 PDF 檔給她。時間來到五點五十五，妳剛才傳過去的訊息，對方顯示已讀，遲遲未回覆。妳不確定今天能不能準時下班，家中卡紙的印表機還沒有處理。

張姐早早就告別妳下班了，妳留在原位不敢先走，眨了眨痠澀的眼睛，妳故作忙碌地點開其他檔案，假裝在校閱，但其實妳已經兩眼昏花到讀不下任何文字，螢幕上的字句在妳眼裡糊成一片，無從辨認字形，遑論辨析其字義。妳又想到「雪盲症」這個詞，不，不對，自己這個情況的話，應該是「文盲症」了吧？

時間來到六點二十。正猶豫著要不要關閉電腦、打卡下班時，翠推開出版社的門走了進來。目光接觸的剎那，妳看到翠愣了一下。妳還沒走啊？她說，正好，我有事情要跟妳說，妳過來坐吧。

辦公室中央有一張白色的長桌，平日是開會用的，此刻翠坐在長桌旁邊，而妳惴惴不安地坐在她的對面。這是妳第一次有機會和她坐下來面對面，妳觀察翠的樣貌，她年近四十，留著一頭俐落短髮，全身散發精明幹練的氣質，在她的雙眼中，熱情的光彩和倦意旗鼓相當。那是這間出版社的正職員工們共有的眼神。

翠的眉目間帶著疲倦，看向妳時露出尷尬而抱歉的神情，無奈間又帶著幾分忍無可忍。妳垂下眼不敢看她，那樣子的表情妳看過許多次了，前幾任的老闆在辭退妳時，他們的臉上也露出了這樣的表情。

「妳應該知道我要說什麼了吧？」翠一面揉著眉心一面說，而妳不知道該如何接腔。

先前被辭退的理由有好幾種：在餐飲業做外場工讀時被嫌手腳太慢；在服飾業當店員時被客訴態度不夠熱情；在劇團接行政助理時被說不懂得靈活處世、不會舉一反三觸類旁通，亦不夠小心謹慎……那麼這一次被辭退，是妳性格中哪些來不及改正的缺陷造成的？

「經過這三個月的試用期，我們覺得妳可能不太適合這裡，妳應該也看到了，我們這裡每個人都忙得團團轉，我們沒有心力去照顧一個完全的新人。我們想要一個馬上能獨立作業，即刻協助出版社運作的人……妳能理解吧？」

「嗯。我明白。」

妳明白自己是個不夠好的人。所有僱主都想要一個已經過訓練、能熟練處理工作事務的員工，而妳不是。都已經大學畢業了，怎麼連這種事情都不會呢？好幾任僱主都對妳說過這番話，妳的愚鈍和不知變通令他們感到意外，被罵的時候妳手足無措。文學院裡的訓練教妳如何循序漸進爬梳前人研究、發展問題意識，進而論述自己的想法。然而在工作現場，更多的情況是妳根本找不到工作手冊或前輩來解答妳的疑惑，工讀生一批一批地換，妳無從得知上一個離職的工讀生究竟是如何適應當下的工作環境？工讀生的知識傳承仰賴經驗法則，妳的工作經驗永遠都不夠多。

曾將妳在工作上的困擾說給母親聽，母親說妳要自學，不要期待出了社會之後會有人教妳什麼。妳要主動積極開朗熱情小心謹慎勤快敏捷做人謙卑善解人意不要怕麻煩……聽完母親的訓示，妳沮喪地發現自己沒有作為一個好員工，或者說作為一個人的資格。開始工作之後，妳經常悔恨自己沒有在大學時期多嘗試打幾份工，培養自己應變不同情況的能力，習慣為別人工作的感覺，但妳沒有，妳只是耗費大把時間在寫無用的文字上，徒勞地追索……追索什麼妳也說不清楚，追求獎項？還是索討一個理想中的、在寫作上獲得肯定的自己？

妳在桌面下揪緊自己的衣襬，逼迫自己面對翠，努力不讓失落的情緒顯露在臉上，「這三個月謝謝妳們的照顧。」

「也不是說妳不好，只是妳可能真的不適合這一行。」翠像是想挽救什麼似的說，「之前妳的履歷上有寫妳喜歡寫作，創作和在別人底下工作是兩回事。說不定妳是擅長寫作的那類人，那妳就好好創作，哪天作品寫好了就投稿到我們出版社試試看。」

「喔，好。」妳強扯出微笑，「我努力看看，謝謝。」

「妳先下班吧！這幾個月辛苦妳了。我還要再加班一會兒。」

「好。辛苦了。翠姐再見。」

下起了雨，夜色已至，最後一次在出版社打卡下班。妳走到站牌等候公車，翠傳來訊息說妳這個月的工資會計下週一會匯進妳的戶頭，妳傳了個貼圖過去，手機螢幕上比著OK、笑得燦爛的小熊扎得妳眼疼。妳關掉手機螢幕，分神想著家裡卡紙的印表機，眼眶微微發熱，眼淚滾落臉頰，妳慌忙用手背擦去眼淚，說服自己那不是值得哭泣的事情。

妳只是又失敗了一次而已。沒什麼大不了的，妳應該要習慣面對自己的失敗，像那些經濟週刊上的成功人士一樣，直面失敗、從不言棄。

搭上公車，車窗玻璃冰冷地映著妳的側臉，窗外的燈光像貓一樣竄過，妳想起老家養的貓，那隻貓意外地親人，偏偏不親近妳。褲子口袋裡的手機震動起來，妳刻意忽略它，沒有心情接聽，但對方默默和妳比起耐力賽，最終妳敗下陣來。

「喂？」打電話來的是朋友璇。

「怎麼這麼久才接電話？」

「我剛下班，有點累。」

「是出版社的那個嗎？妳還在那邊工作喔？」

「到今天為止。試用期過了，決定不錄用。」妳數著車窗玻璃上的雨點，指尖貼在玻璃上，像是要幫公車揩掉眼淚那般，「妳打來做什麼？有事嗎？」

「喔，我本來是要跟妳說，我找到其他出版社要幫我出書，所以就不投妳打工的那家出版社……不過現在，好像也跟妳沒關係了。就是跟妳說一聲而已。」

「嗯，對啊。」妳試著讓自己的聲音雀躍起來，表現出真心為朋友感到開心的樣子，「恭喜妳喔！真是太好了。」

「妳還好嗎？我等等過去找妳吧？」

妳張口想要回絕，溜出嘴邊的卻是一個帶著顫音的「好」字。

「可是我房間很亂喔？」

「沒關係啊！妳有什麼樣子是我沒看過的？」

璇在滿地白紙中尋找立足之地，踮著腳跳舞般地踏至床邊，然後往後一仰，將自己摔進妳的床鋪裡。過來啊，她朝妳招了招手，空出一半的床讓與妳，雖然那本來就是妳的床。妳在她身邊躺下，單人床容納兩個成年女性實在逼仄，妳和璇的身體幾乎貼在一起，妳聞得到從她身上傳來的洗髮精香味，聞起來是玫瑰花香。

璇是妳在大學時期交的朋友，中文系不乏喜歡寫作又寫得好的人，璇是當中最突出的一個，高中時拿過全國性的青少年文學獎，大學四年患上收集癖，她收集的是校園、地方、全國的文學獎名次，據她本人的說法是：這個獎我好像拿得到，那就拿拿看。璇是無庸置疑有文學才華的人，和妳不一樣。

妳的文筆既不純真，也不早慧，書寫能力如實反映妳於世界上存在的年歲，平凡而不起眼。選題囿於生活細瑣，友情、親情，沒有愛情因為妳怕。書寫的格局狹小洩露妳的眼界與小心眼，除妳本身以外的事物，妳吝於多分出些注意力，遑論動筆書寫。創作上的前輩曾委婉提醒妳，而妳裝作沒聽懂。比起主動向外尋求，妳更偏向被動等待某些轟轟烈烈在妳的生命座標上落錨，成為妳願意提筆書寫的人生大事。妳總是在等待。

妳和璇相識的契機是在校內的某一次文學獎決審會議上，她毫無懸念地拿了散文首獎，而妳險險得了佳作的最後一名。會後璇跑來找妳，說妳寫得很好，往後想跟妳互相交流作品，那個當下妳感到很荒謬（首獎得主跟排行榜最後一名交流什麼呢？），但是妳說好。妳至今想不透那麼膽小的妳當時怎麼有勇氣對她說「好」。

於是妳和璇開始在各個文學獎前夕討論彼此的作品，通常是她指正妳，對於璇的作品妳沒有辦法說出什麼具體的修正建議，只能繳出一份讀後心得，說喜歡或不喜歡、說讀來太晦澀或太淺白，多數時候妳能回饋給她的是諸如此類的幹話，假裝妳和她在同一個水平上，能理解她的文學境地。璇定然察覺妳的羞窘，幾次討論之後，她改變她的策略，捨棄她那套充滿專業術語的文學批評方式，同樣以簡單直白的語句打擊妳，而妳不得不承認，她比妳更知道妳的書寫有何缺陷。有些時候，妳覺得璇一定也看出了妳生而為人的種種缺點，只是不忍說破。

直到大學畢業妳們仍維持這樣的關係，璇繼續念研究所，在學校裡擔任助教，而妳流轉在各種兼職之間，美其名是社會歷練，實則掩蓋妳尚未決定往後出路的事實。大學畢業代表沒有校園文學獎可投，妳被迫挑戰競爭更加激烈的地方和全國文學獎，明知道得獎的機率微乎其微，妳仍把產出的稿件給璇評析一番，她給出優缺點並陳的反饋，不好不壞的評價使妳焦慮。妳其實是期待她對妳說出「不要再寫了，妳沒有天分。」的吧？

「在地上的那些是什麼？」

「要投文學獎的散文。」

「是上次妳給我看的那些嗎？妳還沒投喔？不是快截止了嗎？」

「明天就去投。」妳躲開她的視線，「印表機壞了。」

「喔，是喔？」她橫過身子壓上妳，伸手去撈地上的稿件，到手後隨意翻了幾頁，「妳有改嗎？怎麼讀起來還是假假的？」

「哪裡假？」

「就是覺得妳這篇談親情跟母愛的散文很空洞啊……感覺妳沒有像妳文章中所寫的那麼愛妳的家人。」她斜著眼睨了妳一眼，「我說真的，散文如果不真誠的話，就不要寫了。」

「我還沒有改完。我想要改到最後一刻。」妳撒謊。

「不用那麼慎重其事啦！不過就是個每年都有的比賽，輕鬆寫輕鬆投就好。」

對於璇從容的態度，妳有些惱怒：「說得那麼簡單。不是每個人都像妳一樣有才華。」

「妳覺得我有那種東西？」

「不然呢？大文豪。」

璇沉默，把那一疊紙用手壓在腹部上，目光筆直釘在天花板上，好像那上頭有什麼天機似的。妳等著她開口。

「我小時候一直以為自己是百萬富翁。」

「怎麼突然說這個？腦子壞掉喔？」

「這個年頭還堅持走文學的人，哪個腦袋是正常的？」璇翻了個白眼，「不對，我不是要說這個，回到我以為自己是百萬富翁的話題。」

「好。」

「因為覺得自己才念小學而已，戶頭裡就有五百多萬是件很屌的事情，所以我就到處跟我同學炫耀，他們不相信，說怎麼可能，我一生氣就從我媽的抽屜裡偷拿我的郵局存摺，帶到學校給其他人看。」

「然後呢？真的有五百萬嗎？」

「怎麼可能有。」璇笑了出來，「我後來才知道存摺上的數目字最後兩位是小數點，小數點後的零都是無用的，我的戶頭裡只有預備繳保險的幾萬塊。」

「蘇璇妳小時候是在蠢幾點的啦？」

「欸！那個時候我打擊超大的欸！一瞬間從百萬富翁變成窮光蛋……好啦，也沒有到窮光蛋，就是變成普通人。」璇笑了出來，「學會看存摺之後，我發現自己遠比自己所想的還要普通。」

在文學路上也是這樣子的啊。她說，如果才華是可計算的數值，那她的小數點恐怕比她所想的更往前移了幾位。文學是一項投資報酬率偏低的事業，然而她沒有做得比「寫作」這件事更好的事情，只好藏身於學院裡面安然自處，為自己過去得了獎的作品找個出版社發行印刷，賺取賴以為生的版權費，連那些高中時代認為無處安放或不值得出版的私密文字也被翻了出來，資源回收似地加工修改，一點一滴兌換成物質金錢。

「反正放著也沒什麼用。」璇自嘲，「還好現在的人也不怎麼看書了。」

妳聽著璇的絮絮叨叨，腦海中浮現出版社銷不出去的庫存，沒能問出口的話是：連妳都這樣了，那我怎麼辦？

「妳勸我停筆吧，要我好好找工作。」妳學她那般盯著天花板，「妳說我沒天分比較有說服力。」

「我不能對妳說謊，沒一丁點才華的人是連校園文學獎都拿不到的喔！」

「好吧，折衷。我也是有才華的人，只是不夠多。」妳妥協，「不上不下的感覺真的很讓人不爽。」

「不然我們這樣假設好了，如果妳從來都沒有在寫作上獲得肯定，妳還會繼續寫嗎？」

「會。因為不甘心。」

璇大笑，用笑得一副沒心沒肺的樣子罵妳：「麻煩的女人。」

「對啊。跟妳一樣。」

我不會要妳放棄寫作的喔。在滿地廢紙、在壞掉的印表機旁邊，妳聽見璇這麼對妳說。因為我需要有個人陪我一起在焦灼地獄裡煎熬喔。

第二天妳醒過來時，璇已經離開了。臨走前她幫妳修好了印表機，順便把妳的參賽稿件印好放在書桌上。妳的筆電沒有密碼，妳不知道璇有沒有點開桌面上的其他文件檔，其實她就算看了也沒差，璇沒必要抄用妳的文字，她用膝蓋寫出來的東西都比妳好。

將稿件用釘書機釘起，連同身分證影本一起裝入牛皮紙袋，寫妥收件地址與寄件人，封口後拿到郵局寄出，看著郵局行員在牛皮紙袋上蓋下今天日期的戳章，妳進行這些流程如工廠生產線的作業員那般流暢，累積了好幾年的投稿經驗，妳早已熟能生巧。現在妳投稿的心境近似於繳交期末報告給教授的心態，有交就好不求高分，反正得獎機會渺茫，不如懷抱「志在參加」的心情更加輕鬆。每一次投稿都是妳對自己的交代，安慰自己沒有缺席這次徵文比賽。最初剛開始投稿的前幾年，妳看到得獎名單上沒有妳，不免憂慮自己是不是寫錯地址、弄錯格式才被刷下來，失敗了好幾年，妳不得不承認妳榜上無名的原因非常單純，不過四個字：實力不足。

妳是從什麼時候開始，誤會自己是個能寫的人呢？打從小時候開始，妳就經常被學校老師派出去參加作文比賽，明明從來沒得過任何獎項為校爭光，老師們仍說妳文筆很好，只是運氣不佳。如今想來老師們所言不過是安慰的話語，為什麼小時候的妳那麼輕易就相信了呢？同樣相信老師謬讚的人還有妳的母親，自從班導在妳的作文簿上寫下「文筆很好，極有潛力」之類的句子後，她遂欣喜地認定妳有文學才華，和年輕時的她一樣。

母親最常掛在嘴邊的話是：「要不是嫁給妳爸，我現在也是位名作家。」，母親年輕時也酷愛寫作，和大學同學們組了文社，彼此切磋。她說社團裡的男孩都喜歡她，其中一個交往過的男孩，現在已成了知名作家。妳不確定母親所言真假，妳只記得在某個早晨，母親指著報紙副刊的文章，面露得意地對妳說：妳看，我的文章登出來了。方識字的妳閱讀那篇文章，內容是抱怨父親重男輕女，妳出現在母親的文字裡，被公諸於世的感覺令妳難堪。家庭中裂了個縫，旁人從縫隙中看見妳。

母親在妳身上看見成為她，甚至能比她更好的潛力，她在閒暇時間帶著妳勤跑圖書館和書店，或借或買，為妳打造一個書籍國度。在母親的陪伴下，妳在社區圖書館和書店中度過大把光陰，把手邊的書籍讀完之後，妳穿梭在書架之中尋找母親，她停留的位置大同小異，往往在華文創作的書架之間，妳問她在看什麼書，她把書翻過讓妳瞥一眼書封上的書名和作者姓名，然後把未讀完的書放回書架上說，不要跟妳爸講我讀了什麼。日後妳回憶那些母親偷偷摸摸站在書架前讀的書，不外乎是羅曼史小說、言情小說，以及那些從未出現在父親藏書清單裡的書籍。

當妳猶在懷疑自己本身是否具有文采時，她比妳更早相信妳會成為文壇才女。這樣的誤會一直延續到妳選大學科系的那個夏日，因為母親一句「妳生來就是注定要讀文學的人」，妳的志願序清一色都是中文系。後來事實證明，妳從來就不是他們所認定的那一類人。

車站距離老家有些路程，老家附近沒有公車能抵達，只能依賴雙腿，下火車之後，要走上一段不算短的時間，妳自覺已經走了相當遠的距離，卻還是沒能抵達妳的目的地。妳不常回家，有一部分的原因是不想浪費時間和體力走上這段長長的路。直到小腿微微發瘦，老家的黑色屋瓦慢慢踱進妳的眼簾，推開朱紅鐵門，母親坐在緣廊邊上讀報，老貓斑斑懶懶地枕在母親膝上，抬起細長的貓眼盯著妳。

「總算捨得回來啦？妳爸走了，你們就都不要我啦？」母親拉長語調控訴，「妳那兩個弟弟也是，上週末留個一晚就走。」

「我不是回來了嗎？平時我們都很忙。」

「都在忙什麼？」

「就……就一些工作上的事。」妳避開母親的目光，鑽到屋子裡去，深怕她再探究下去，妳就不得不把失業的事情全盤托出。

老家是和式建築，離地而建，以石階與地面連接，室內鋪上大片的木地板，用梁柱和拉門區隔每個房間，多數拉門都被拆掉了，整體空間顯得通透，唯有區隔父親與母親房間的拉門仍然保留，那是他們夫妻間的楚河漢界。

「弟弟他們有清掉什麼嗎？怎麼看不出來？」

「有啊！」母親隨著妳進屋四處比劃，「這邊、那邊的雜物都清掉了，丟了好多東西，剩下這些書不知道該怎麼辦。」

妳看著滿室書籍有些發愁：「不然找二手書店來回收吧？我先看看有沒有我要的書。」

「好啊，隨便妳。」母親聳聳肩，轉身離開房間，「我要去市場買菜，待會兒就回來。」

「好。」

鐵門落鎖的巨聲響起，母親出了門，妳環視周遭，房內的一切如同妳記憶中的模樣，妳懷疑弟弟們根本沒有整理父親的東西。父親嗜書，多數時候都從二手書店買書，力求在固定的預算中購得最大量的書籍，妳成年後曾建議父親買新書，如今有些新書打完折的價格與二手書相差無幾，出版業艱困，買新書可以是對出版社、對作者的支持，父親沒有聽進妳的話，炫耀他如何以低廉的價格買入一批書。父親沒有偏好的作品類型，他只是喜歡書而已。

母親每每看見父親搬回一疊書堆在家裡，總是忍不住碎念：「買那麼多書做什麼？你又看不懂，放著占位子啊？平日賺錢養家的不是你，就不知道錢難賺了是不是？」，母親是國小教師，父親在婚前是一名軍人，兩人是透過相親認識的，藉由母親反覆提起的回憶裡，妳得知兩人第一次見面是在臺中的衛爾康西餐廳，父親穿著白襯衫黑長褲，用餐時提及自己即將升遷，母親本著「軍公教一家」的想法，遂答應與父親以結婚為前提交往，交往不到三個月就結婚了。婚後不久父親因為得罪長官，升官之路轉眼成空，鐵了心早早退役，找到一間離家不遠的駕訓班當起開車教練，每次想起這件事，母親總會心寒地瞪著父親。

我當年就是被你騙了才會跟你結婚。她說。然後父親會反駁：「妳也騙過我。」用這一句話扼住即將發生的爭吵。有一次小學的暑假作業是要畫家庭樹、採訪爸爸媽媽認識彼此的經過，妳在第一次見面的地點寫上衛爾康西餐廳，開學後老師對照那份作業上的時間與地點，質疑妳亂寫，因為那間西餐廳早在妳雙親相遇前就被大火燒毀。然而母親說得那麼肯定，向妳訴說的過去彷彿歷歷在目，妳把「衛爾康」三個字擦掉，將母親誤植的記憶擦去，重新繳交那份作業。

寒暑假以外的時間是學車淡季，父親多數時候賦閒在家，時間漫漫難以打發，買書遂成為父親唯一的嗜好，他不理會母親的抱怨，逕自買回一本又一本的書在家中堆砌他自己的堡壘。父親年少貧困，沒有閒錢買書求學，入軍校就讀亦是出於減輕原生家庭負擔的考量，妳猜想父親近乎病態地儲書舉動是他補償己身年少困乏的行為，同時也是他彰顯自己存在的方式。

父親常常帶著幼時的妳逛二手書店，妳是無償童工為父親搬運書籍。父親常去的二手書店藏身於逢甲夜市商圈，早在夜晚的熱絡降臨前，二手書店便已開張，周遭的店家鐵門緊閉，使得二手書店看上去非常寂寞。書櫃裝載滑輪嵌入牆壁中，書本排滿書架，從地板蔓延至天花板，饒是如此，書店空間仍是不足，稍舊的月刊雜誌被塑膠繩綑成書磚賤價出售。妳穿梭文字書海，油墨紙頁中帶著死亡的味道，每一本書都會死兩次，一次是成書的剎那，一次是無人閱讀的時候，二手書店的書籍都在瀕死狀態，時間一久沒能賣出，便是送到紙類回收場碎紙，打成紙漿，輪迴重生為下一本報章雜誌書籍月刊。父親說自己買二手書是在拯救好書，可是妳覺得父親的舉動只是在讓書本們換個地方死去。父親的閱讀傾向很雜，房間裡什麼種類的書都有：心理學概論黃帝內經亞森羅蘋全集菜根譚物理學初探天龍八部……種類和數量繁多，妳懷疑當中絕大部分的書籍父親連翻都沒有翻過。

他的藏書中有一套大型出版社出的散文叢書，裡面缺了幾本未能集全，妳本想去二手書店找找有沒有缺失的那幾本好補齊整套書，父親拒絕妳，說他不喜歡那位作者，妳查了一下發現缺失的都是同一位男作家的作品。妳隨手抽出書架上的一本書，隨意翻了幾頁，泛黃紙頁在妳眼前唰唰流動，妳闔起書封如蓋上棺蓋，將書本推回原本的空位，像把棺材送進焚化爐。

身為駕訓班教練的父親最後死於車禍，酒醉自撞電線桿，車頭嚴重變形，父親當場死亡，救護人員費了一番功夫才將駕駛座上同樣嚴重變形的父親拉出來。父親出殯的那天，妳沒有流半滴眼淚，對於父親，妳從未生出半點親暱，如同母親在投稿副刊的文章中所說的，他看重弟弟們勝過妳，在雙胞胎弟弟出生後，他在產房外隔著玻璃，一面看著新生兒，一面對妳說：還好弟弟出生了，不然我本來是要跟妳媽媽離婚的。他鮮少關注妳的成長，妳明明有父親，卻活得像是自幼失怙。妳的記憶中關於父親的印象寥寥無幾，且那些少得可憐的記憶大多都與他用以傷害妳的言詞相互嵌合，成為妳多數時候不願想起的記憶片段。例如在妳準備考大學那一年，正逢祖父過世，妳暫時放下要複習的課業，跟著家人回到鄉下祖父家辦喪事，你們在飯廳裡摺紙蓮花，祖父的遺體停在客廳一角。

你們圍著飯廳圓桌而坐，每個人面前都放著一疊金紙，摺好的紙蓮花堆疊著占據桌面一小角。或許是意識到生死之事如此之近，父親大略地安排起他的身後事，他說女兒一旦嫁人就是潑出去的水，在他死後，妳不許和弟弟們爭遺產。

「妳聽到了沒有？」

父親用近似於警告的聲音對妳說，妳悲傷且惱怒，不明白他為什麼要用對待外人的方式防備妳。妳想用課堂上學來的知識反駁父親，法律保障了妳的繼承權，但妳最終仍是擺出一副順從的模樣答「喔」，手裡繼續摺著一朵又一朵的紙蓮花。父親重男輕女，他的舉動和言詞是妳鯁在心頭的刺，妳不只一次地想過，自己究竟是不是他親生的？

又譬如有一次，父親偶然間看見妳入圍全國青少年文學獎的照片，他看著那張所有入圍者和評審的合照，冷不防冒出一句話：妳媽媽當年想過墮掉妳。妳記得那是個下著雷雨的晚間，鏽綠的鐵花窗框住雨景，雨絲打在玻璃窗上啪啪作響，他坐在窗前的椅子上，神色陰鬱堪比戶外烏雲，說出這句話的語調比夜雨還冷。妳渾身戰慄，想不透他是出於什麼心態才會說出這種話？從父親吐露母親曾想過殺死妳的那天起，妳和妳的家人們像是隔了層膜，妳不敢向母親求證，萬一她坦承了怎麼辦？妳能接受妳不是母親想要的孩子嗎？

妳從抽屜底部的相簿中找到那張照片，照片是母親在散場前，與一眾家長一起從舞臺上往觀眾席拍的，當屆的評審團坐在第一排的中間座位，所有入圍學生們圍繞他們或站或坐，得獎的學生們拿著獎狀，距離評審們最近，妳認出畫面前方嫻靜微笑的少女是高中時代的璇，原來妳們在許久之前就曾在同一個競技場上比試過，她在構圖中央，手持第三名的獎狀，而妳站在人群角落，微微駝著背，目光閃躲鏡頭，像是想找個地洞躲進去，在那個場合中消失。

當年的比賽有個不知真假的八卦，聽說璇的文章本來該得第一，但因為決審的評審團中有璇的親戚，為了避嫌而更動她的名次。璇事後聽聞這件事，滿不在乎地笑了笑。那一年是妳第一次入圍這麼大型的比賽，決審和頒獎在同一日、同一地點舉行，母親陪著妳去會場，她的心情比妳更興奮，彷彿入圍的是她。那一天的決審會上，評審從未提起妳的文章，胸腔中的興奮逐漸轉為難堪，會後拍完照妳拉著母親想快快離開會場，她一把將紙筆塞給妳，要妳去跟評審要簽名，順便單獨拍個照，妳死活不肯。就拍一張，就跟蘇老師拍一張。她說。蘇老師是母親最喜歡的一位男作家，妳不想去，作為妥協，妳表示自己可以幫她跟心儀的作家拍照。母親壓了壓臉上的口罩，拒絕妳的提議，遙遙望了他一眼，接著繞過人群帶妳離開會場。

妳從相簿中把照片抽出來，掏出手機拍下傳給璇，她很快回了訊息：「好懷念喔！妳怎麼會有這張照片？」

「我媽當年拍的，留到現在。意外發現裡面有妳。」

「好好喔！我的照片都不知道丟到哪裡去了。」璇傳了一個咬著手帕的兔子貼圖，兔子圖案的上方懸著「好羨慕」三個字，「妳媽一定覺得很驕傲。」

妳的指尖停在手機鍵盤上許久，然後發了一個「嗯，大概吧」。話題結束。鐵門「碰」地一聲關上，母親買完菜回來，見妳坐在房間裡滑手機，忍不住出聲教訓：「妳在做什麼？書都看過了嗎？」

「嗯，沒有我想要的。」

「那就全部丟掉囉！丟了也好，省得礙眼。」母親朝房內看了一眼，目光最後落在妳手上的照片，「妳把照片拿出來做什麼？」

「在照片裡看到認識的人。」妳指著照片上的璇，「這是我大學同學。」

「喔？她當年有得獎啊？」

「她很厲害的。」妳自棄地笑著，「每次都輸給她，我以後不要再寫了啦！」

「亂說什麼？別灰心，總有一天會輪到妳的。欸，我今天在報紙上看到《明道文藝》學生文學獎的得獎名單，當年怎麼就不知道有這個比賽？可以叫妳參加……。」

「我每年都有投稿喔，只是沒得獎而已。」

「喔，是喔？」她尷尬地轉過身，到廚房忙碌著，「就再努力嘛！妳小時候的夢想不是當作家嗎？」

「我沒有天分啦！」

「妳哪裡沒有天分？妳身上流著寫作的基因。」

「寫作的基因是什麼啦？爸又不寫東西。」

「妳爸爸寫過很多書啊！只是妳不知道。」

「爸出過書？什麼時候？」

母親的身形一頓，張口欲言，喉頭卻像是被扼住似的無法發話，母親的表情像是恨不得把自己剛剛說的話全吞回去。妳捕捉到母親的神色，心頭一跳，隱藏於心瓣之間的疑問剝落。斑斑從妳的腳邊竄過，一雙貓眼通透澄淨。

房間一瞬真空，連心臟劇烈跳動的聲音都聽不見，妳在凝滯的氛圍中看見母親搖頭。「唰啦」一聲，妳的家族史被撕裂，書頁當中的記載全都與妳無關。妳愣愣地環視周遭一切，驚覺妳與這一屋子的東西有著本質上的區別——妳不是妳父親的遺物。

仔細想來，一切早有預兆。妳的父親確實沒有理由愛妳。

「爸知道嗎？」

「妳是指哪一個？妳的親生爸爸不知道。」她用腳底在父親書房的木地板上輕點兩下，「這一個後來知道了。」

後來指的是哪一個時間點？在那一個被火燒去的、不存在的西餐廳裡，相親的男人與女人面對彼此用餐，在往後兩人約會的時間裡、在萌生結婚念頭的每一個瞬間，父親是否知道母親的子宮中有個小小第三者？

「爸跟我說過，妳曾經想過墮掉我。」妳的目光緊鎖在母親身上，不願錯過她細微的表情，「那是真的嗎？」

母親先是一愣，眼神中帶著猶豫，惴惴不安地說：「但我還是把妳生下來了。」文文。她輕喚妳的小名，妳一直都是媽媽最愛的寶貝。

妳騙人。妳在心底偷偷反駁，我才不是妳的寶貝。

書頁的裂縫打從妳的記事起點就已存在。在弟弟們甫出生的產房外，祖父母隔著玻璃慈愛地檢視新生兒的五官：弟弟眼睛像爸爸、嘴巴像媽媽、睡覺的樣子跟我們兒子小時候一模一樣……他們對比完新生兒與原生父母的容貌後，轉過頭來看妳，試圖在妳的臉上找到他們兒子的影跡，可是左看右看，祖父母找不著妳父親的遺傳基因在妳身上發揮了何種作用，於是他們說：文文是女生，像媽媽也很好。

父親帶著妳去接母親與弟弟們出院，辦完手續走出醫院大門時，雙親懷中各抱著一個弟弟，沒有辦法空出手來牽妳，剛讀幼稚園的妳落在他們身後，邁著步伐努力追上他們的背影，在那個瞬間妳感到非常孤單。那一大片產房玻璃從來都沒有消失，它一直存在於妳的心裡，區隔妳和他們。他們是一家人，當中沒有妳。

「妳不問妳的親生爸爸是誰嗎？」

「我不想知道。」

母親沉默，雙手揪著裙子。其實不用刻意探究，拼湊過往種種記憶碎片，妳也猜得出來那人的身分會是誰。網路上的資料說他與妻子育有一女，女兒是近年來受注目的文壇新星，家庭幸福美滿。妳的生命史出於狗血愛情小說的俗濫情節：才子佳人相知相惜，卻未能修成正果，佳人腹中有女另嫁他人。妳的養父從生父那邊繼承了妳。

妳模模糊糊地明白母親多年來栽培妳的目的是什麼，她藉由塑造妳來連結她舊時未竟之夢，透過妳來成全她自己。於妳而言，妳的書寫實為一種獻媚，用以討好在家族中唯一與妳血脈相連的女人。

離開家的車程搖搖晃晃、搖搖晃晃。妳坐在火車上，呆呆看著車窗外的景色飛快遠離妳，妳用通訊軟體撥了通電話給璇，手機中的雜訊沙沙作響，妳在一片雜音當中聽見璇的聲音，像是在山中迷霧中聽見救命的哨聲。妳問她：「如果妳有一個非常想寫的題材，但那個東西寫出來會傷害別人，妳會繼續寫下去嗎？」

「會啊！」她答得毫不猶豫。

「即使那會讓妳顯得很卑劣？」

「妳寫東西是為了讓自己看起來很善良嗎？」璇反問，而妳難以接腔。

寫作是，事情已經發生，而妳不能當作沒事般地讓它離開，所以只能寫下來作為妳受到影響的證明。心中若已有傷口，那就將傷患的身分高明表演得淋漓盡致。璇隔著手機問妳，妳受傷了嗎？

「可能吧。」

「不要對自己說謊。」璇的聲音輕飄飄地傳來，「妳不用想那麼多，在我們所處的圈子裡，讀者們意外地善良喔！」

火車嗚咽進隧道，手機網路斷了訊號，通話被迫中斷，手機螢幕畫面停留在妳傳給璇的合照上，照片中的璇以目光逼視妳。散文如果不真誠的話就不要寫了。妳不是聖人，妳的心眼狹小且缺點滿身，妳有些話想說，而那些言詞定不是美麗剔透如葉尖晨露那一類物事。妳的心底滿是泥濘，即便撒下種子、栽花植草，也開不出花草秀麗。妳凹折自己好安居於家，成長於家中大人們的縫隙之間，於是長大後的妳也成為了一個畸零扭曲的人。

玻璃窗冰冷，窗外無盡幽黑如妳映在窗上的眼瞳，隧道口光亮隱約，頒獎典禮上的鎂光燈亮起捕捉妳。銘刻於妳記憶中的種種都是伏筆，等著在妳筆下被掀揭，妳要假裝妳在書寫時從未想過激起浪花。妳重新回到當年和璇一起競賽的會場，在重構的家族史中安放妳自己。

打開手機內建的記事本，妳開始敲下關於家族真相的第一段話：印表機在妳身側嗡嗡作響，紙面上承載妳想訴說的故事……。

一個男人的攝影史

王老先生拄著拐杖下了公車，戴著口罩逆光看向眼前的美術館。那是近幾年才建成的美術館。得過普立茲克獎的日本人設計的喔！那建築物通體白皙，由不同的四方形堆疊成巨大的五角形，最上方鋪了一大片玻璃蓋，四周有大片廣場供人休息。

進館買了張美術館的門票，他把票捏在手裡，在手扶梯和電梯之間猶豫後選擇了後者（他太老了，不適合搭手扶梯，一摔下來就完了）。再加上，他還滿喜歡搭電梯的，每次搭電梯他都能重新回味孩提時代去林百貨搭流籠的感覺。站在盒子裡從一樓搭到二樓，電梯門一開一關之後就是不同的景色，和攝影正相反，觀景窗一明一暗，留存的是同樣的景色。

走出電梯左右張望後，他走進其中一間展間，展場外的牆上大大地貼著用毛筆寫的海報——「長青一甲子．王常清六十年攝影展」，海報的底圖是無數張黑白照片，拼貼成了一個八旬老翁的側臉輪廓。他問過孫子這要怎麼剪、怎麼貼才能做出來，孫子回答他說用手機軟體就能做了。

他走進展場，經過門邊偷玩手機的年輕志工。那是一個和他的人生同樣極簡的展場，中央放了幾張木頭長椅，四周的白牆上掛著一幅又一幅裱框的黑白照片，每一張照片底下都有解說牌，他扶著老花眼鏡試圖看清上頭的字，可是字太小了，他根本看不清楚，他乾脆放棄看字，轉而打量起牆上的照片。

「少年的，你敢會當共我紹介遮的相片？」

他這麼問導覽志工，那人收起手機，拉好口罩（因為疫情的關係，人人外出都戴著口罩，包含王老先生也是），走到王老先生身邊，指著解說牌用不流利的臺語說：「遮有……解說牌。」

「我的目睭無好，看袂清楚。」

「喔，按呢……我講中文你敢聽有？」

王老先生點了點頭。

「這個展間主要展出的是常民攝影家王常清的攝影作品，這是他的個人特展，王老師年輕的時候開始拍照，現在已經拍超過六十年了……。」導覽志工像背課文那般地介紹著，「王老師的攝影對象主要是勞動階層，像鹽工、漁夫、泥水師傅等等……作品中充滿對勞動者的關懷，王老師也擅長捕捉常民生活的吉光片羽，為老百姓留下紀錄。像這張照片就是在拍修橋的工人……。」

導覽志工朝牆上的照片一比，那是一張黑白照片，遠景為竹橋，近景為幾名全身赤裸的修橋工人，工人們背對鏡頭，背部肌肉發達健壯，賁起的肌肉明亮，凹陷的肌肉打著陰影，整體呈現一種男性的體態美感。

「這張工人的圖像記錄了民國四、五十年代的工程，當時因為衣服吸了水會很重，不方便工作，所以當時的工人都是赤身裸體在工作的。」

「少年的。」王老先生打斷他，「你感覺這張相片翕了按怎？」

「按怎？拍得很好啊！光線、角度、構圖都不錯。是一張很寫實主義的作品。」導覽志工好奇地問，「老先生，您對攝影有研究嗎？還是對王老師很感興趣？」

王老先生笑了笑，擺擺手，並不答話。他對王常清的攝影作品不感興趣（畢竟，王常清就是他本人），但他對別人怎麼看他的作品很感興趣。攝影展的開幕儀式他沒有來，他和妻子一起去了醫院一趟，孫子代替他出席了，回家時轉述那些攝影學者的話：「阿公，㑚講你的作品誠有『人道關懷』的精神。」

有些時候別人看他拍的照片，詮釋起來與他自己的解釋完全不同，他不知道是什麼造成了這樣的差異，但他自己覺得很有趣。

誠趣味。他在心中想著，恁攏無看著我的目睭所看著的。

他坐到展場中央的長椅上稍作休息，目光凝視眼前那張《修橋工人》。他記得那張照片是在七股溪拍的，那些工人的其中一位是他的朋友柯萬年。

應該是中央彼个。他瞇著眼睛辨認，上懸的彼个。

柯萬年是他在臺南農業職業學校的同學，長得又高又壯，身材好到令瘦弱的王常清十分羨慕。柯萬年的老家在七股那邊，家裡從事曬鹽的工作，在烈陽當空的日子裡穿梭於一座座鹽山之中。

如果真要說起來，柯萬年是王常清學習攝影的契機。那個時候，學校舉辦了運動會，當時的日本先生借給他一臺相機，要他幫忙攝影記錄。王常清的鏡頭第一個對準的就是在運動場上大放異彩的柯萬年。

柯萬年的身體比例很好，跑步的姿勢很好看，像一頭豹。王常清琢磨了許久，想拍下對方具有速度感的靈動畫面，但他的技術不佳，拍不出來，角度總是抓得很怪，比不上直接用眼睛捕捉的畫面好。他從那個時候下定決心要學攝影，期待有朝一日可以拍出自己理想的寫真。

從農校畢業之後，不喜歡念書的柯萬年回到家鄉曬鹽，王常清則在照相館當學徒，一邊工作一邊學習拍照、沖洗底片和修整照片的技術，他學得很快，憑藉著熱情和精湛的技術獲得了老闆及顧客的認可。二十五歲那年，他自己開了家照相館營生，並在父母的安排下娶了妻子。

妻子是虔誠的基督教，每個週末都會去教會做禮拜，她在戰前就讀洋裁學校，一雙巧手能裁出最流行的服飾，王常清除了自宅的照相館以外，又租了附近的店鋪給妻子當工作室，妻子的工作室櫥窗與牆壁上經常貼著時下流行的服裝海報廣告，而在最接近天花板的牆壁上緣則貼著一些《聖經》故事的彩色圖片，他不常去妻子的工作室，想讓妻子有一些屬於自己的時間與空間發展事業，那時他們都尚未想過要生孩子。

出社會之後，王常清加入了臺南當地的攝影社團，結交了許多互相切磋攝影技術的好友，閒暇之餘，他時常往柯萬年他們家工作的鹽田跑，拍下一座又一座的鹽山，以及鹽工們揮汗工作的身影。當然，他有些時候也拍柯萬年。

「你嘛真無聊。」打著赤膊的柯萬年用肩膀上的毛巾擦了擦汗，「我有啥物好翕的？」

王常清一時答不出來，只是笑。

「欸，啊你是翕了按怎？我敢會當看？」

「好啊！洗出來就予你看。」王常清認真允諾，「你來市區，來我的寫真館……。」

「哭枵咧！我哪有閒？」柯萬年咧著嘴笑，露出一口潔白的牙，「無人像你按呢，歇睏的時陣閣對市區走來七股。戇戇來遮予日頭曝。」

「有光才會當翕出好的相片啊！」王常清這般回嘴。

他從未細數自己在鹽田漫漫而行時究竟拍了多少張照片，直到得空時，回到家中的暗房沖洗底片，相片顯了影，他才驚覺自己拍的鹽田照片不少。

部分相片是鹽工穿梭鹽田，挑鹽、產鹽、曬鹽的勞動寫真，許多相片的背景是一片黑暗，唯有鹽山白皙地閃著粗粒，像雪，廣袤、空寂而有神性，但更多的畫面是關於柯萬年。柯萬年的背影、柯萬年的剪影、柯萬年的側臉、柯萬年的背和汗珠。

王常清嚇了一跳，手裡拿著一張照片發愣。那是一張粗粒子、高反差的黑白照片，拍的是柯萬年的背，相片下緣卡在腰臀間。相機記錄了柯萬年扛起鹽擔、極需爆發力的瞬間，那寬闊的背弓起，肌理明顯且蘊著力道，被陽光曝曬的地方明亮，深陷的腰窩黑得發亮，粗粒為相片增添了幾分滄桑感，像汗水的鹽分凝在背脊上，隱隱散著光。

王常清拿著那張相片，彷彿能摸到鹽粒、感受到那日炙熱的陽光。他的手指順著柯萬年的背脊攀爬，點點星火從指尖鑽到心裡灼著，燒得他喉頭發乾。王常清的胸腔滿溢著激動，他將那歸因於拍出好照片的興奮。

這張相片翕了抉穓。他想，提去比賽，無的確會著獎。

那時的王常清經常參加大大小小的攝影比賽，妻子雖然不滿王常清經常到處在外晃盪，等待好鏡頭，但看在他時不時會有獎金收入，且將部分獎金用於家計，她也就睜一隻眼閉一隻眼，未曾積極勸阻。

後來王常清真的抄下日本攝影雜誌所刊載的地址，將那張背部照片寄去比賽。他去找柯萬年吃飯時向他說起這件事的時候，對方用一種古怪的神情看他。

「你敢我敢會著獎？」

「我著試看覓爾爾。」

「喔，清彩啦！」柯萬年不在意地聳聳肩，「著矣！我等咧下晡欲去修橋，我頂禮拜袂記得共你講，你等咧猶是轉去市區較好。」

「修橋？無要緊。我綴你去。」

「你？」柯萬年打量他的瘦小身板，「你來欲創啥？你無氣力……。」

「我……」王常清一時無法反駁，舉起胸前的相機，「我會當共恁翕相啊！」

「做工有啥物好翕的？」柯萬年狐疑，「你閣欲提去比賽喔？」

「嗯……若是有翕著好的相片……。」

「好啦！隨在你。」柯萬年拌著麵，「我對翕相無啥物研究，翕我這款人敢真正有媠？我實在是想無。」

「媠的標準真濟，看構圖、角度……。」

「你免共我講遮爾濟，我聽無！」柯萬年把拌好的麵推到他面前，「食麵啦！食了緊來去。愛坐車。」

「喔。」

午後修橋的地點是在七股溪中下段的地方，在兩岸河面較窄的地方本有修築一座便橋供人來往，夏時連日的暴雨將橋墩沖毀了一部分，今日的工程便是補好橋的基座。一群工人聽了指示便脫下衣服往河裡去，饒是冬日有暖陽，但河水的冰冷仍讓不少人在水裡大呼小叫起來，南部枯水期是冬季，修橋只能選在這時候。

王常清對著一群裸體的男性拍下一張又一張的照片，高矮胖瘦皆有，他一邊移動取景，一邊思考要用什麼技法沖洗這些被觀景窗框起的身影，他看著觀景窗的人影，回想起以前曾看過的攝影集，那本攝影集大量採用裸體女模特兒的照片，出版的時候引起不少的風波，報紙上面的評論都在「藝術」和「色情猥褻」兩方拉鋸，正反意見都有。

王常清認真地思考過拍攝那張《背》的時候，他心中是否有無可明說的意圖？將照片沖洗出來的時候，他並沒有什麼踰矩的心思，然而當他看向眼前渾身赤裸搬運土石的柯萬年時，他又不確定了，有那樣的一瞬間，他覺得他和那些在大自然擺拍裸女的攝影師並無什麼不同，差別只在於他是抓拍男人在工作的身體。

他拍得專注，鏡頭聚焦在工人身上，他沒有注意腳步，一個不小心扭傷了腳。他忍著疼痛，故作無事發生，直到柯萬年工作結束後察覺他走路的姿勢有些奇怪，那腫脹的腳踝才被人發現。

「啊你受傷哪會攏無愛講？」柯萬年穿上衣服，在他面前蹲下身，「我揹你去等車。」

「免啦！我……。」

「莫囉嗦，緊咧！」

王常清被他背起，走了長長的路到公車站，他趴在柯萬年的背上，熱度和汗水透過布料傳來貼在胸膛，汗味鑽進鼻腔，難聞但他不在意。他覺得自己的心跳得飛快。

柯萬年負著他的重量前行，步伐卻一點都不帶晃，穩穩地，每一步都扎在土地上，太陽懸在空中，在兩個人身後拉出長長的影子。

「欸，啊你共我翕的相片啥物時陣才欲提予我看？」柯萬年一邊走一邊閒聊。

「啊？你想欲看喔？毋過我今仔日無將相片紮佇咧身軀邊。」王常清沒來由地感到緊張，「這……若按呢，等咧公車來的時陣，你和我做伙來轉。」

「我才無愛咧！我今仔日忝甲欲死，閣愛陪你轉去市區喔？」柯萬年低頭看了他的腳一眼，而後改了想法，「其實嘛會用得，你的腳無方便……。」

「毋免，我家己會當轉去厝內，你緊轉去歇睏。相片……以後有機會才提予你看。」

「喔，按呢你轉去了後愛會記得去看醫生，知無？」

「我知影啦！」他忍不住脫口發問，「啊你欲按怎才願意來我的寫真館？逐擺問你，你攏無想欲來。」

「按怎？你佇咧外口翕我閣翕無夠是毋？閣想欲拐我去寫真館翕相喔？」

「無啦……我就清彩問爾。你是欲來無？」

「好啦！等我結婚的時陣，我一定會去你遐翕結婚相片，共你交關，按呢敢會用得？」

「你有對象矣？」

「猶未，沓沓仔揣。我嘛三十外歲矣，好結婚矣！阮厝內人嘛定定催我結婚。」

「這款代誌，你著急嘛無效，愛看緣分。沓沓仔來。」

「我知影啦！是講聽你的口氣，若親像你無希望我結婚的款？按怎？你會毋甘喔？」柯萬年開玩笑似的問他，還沒等到答案，餘光先瞥見正往站牌駛來的公車，「啊！車來矣！」

柯萬年送他上了公車，隔著車窗跟他道別，公車向前駛去，他往後看，發現柯萬年還站在原地。

等王常清回到家後，他發現上回寄去比賽的稿件有了回音，他的照片得了名次，獎金和雜誌一併寄到了家裡，妻子正翻看著那本攝影雜誌，頁面正停在那張得獎的《背》上，照片因為編輯的關係而被放大印刷。他聯想到方才曾背過他的寬闊肩背。

「阿清。」妻子驀地出聲，闔上雜誌問他，「阮來生一個囡仔好無？」

王常清一愣。

「你哪會雄雄按呢講？」

「人攏講，娶某前、生囝後，運勢會較好……。」

「你的空課無順利是毋？」

他的妻子沉默地望了他一眼，看了看手中的雜誌，接著點了點頭。

「好。我無意見。」他說。

許多年之後，王常清偶然翻開那本雜誌，竟無法否認那張照片帶有慾望、帶有遐想的凝視，他再度回憶起妻子當時的沉默，他隱然有一種感覺，那時的妻子一定以女人的直覺，比他還要敏銳地察覺了他自己心底的情感，所以才會在看到那張照片之後，提出要和他生孩子的建議。

在相機前，攝影者對被攝者的情感往往展露無疑，這件事情他是在很久以後才知道的。

妻子懷孕生子後，他依舊如過往那般外出獵影，鏡頭下的人物多是男性的勞動人口，王常清幾乎不拍女人，他的攝影同好得知此事後笑他：「這馬逐家攏咧流行翕查某人，哪有人特別欲翕查埔人？」

王常清沒答話。

「過幾工，臺北有攝影比賽，欲佇臺北新公園翕女明星，專門倩的喔！你嘛做伙來去！」

他的攝影同好這麼邀請他，他懷著拓展視野的心情北上。彼時臺灣的攝影圈正流行集體外拍，一大群男性攝影師聘請一位女性模特兒在戶外拍照。王常清不是很喜歡那樣子的風氣，一群人像圍獵似的把女人圍在中間，舉著相機、對著模特兒打開鏡頭從四面八方取景拍攝。坦白說，他有些時候還滿欽佩那些女模特兒的，能在那樣的情況中仍舊保持微笑，大方自若地擺出不同的姿勢。偌爾仔勇敢咧！他想，我若是查某人一定做袂到。

王常清在那場新公園的攝影比賽並沒有拍到滿意的照片，他被人群擠到最外圍，與中央的模特兒隔著好幾層男性。他拍不到遠處成為一個小點的女明星，遂轉而拍攝層層疊疊的男性攝影師們。拍了幾張之後，他很快地失去興趣，放下了手中的相機。

自臺北返家後，已是夜晚，妻子正在與兒子說《聖經》故事作為睡前讀物：「……神來到罪惡之城索多瑪，要求羅得帶著他的妻女出城，天使說：『逃命吧！不可以回頭看。』然而當羅得帶著妻子出城的時候，他的妻子落在他的身後，回頭看了城市一眼，就這麼一眼，羅得的妻子馬上就變成了一根鹽柱，動彈不得。」

「所以呀！」妻子對兒子如斯教誨，「這個故事告訴我們，不可以貪圖世間的身外之物，要跟隨神的指引。」

王常清在一旁聽著，沒有發表什麼意見。「羅得之妻」的故事王常清也聽過，於他而言，那不是關於懲罰貪婪的警語，而是一則關於凝望的故事。

羅得的妻子因為貪戀家鄉種種而回頭去望，那會是一種罪孽嗎？若照這個邏輯來看，攝影難道也是一種罪過嗎？攝影家不正是貪戀著某一個瞬間想永恆留存，所以才舉起相機的嗎？

他一邊這麼想著，一邊收拾著行囊，他沒有注意到妻子哄睡了孩子，靜靜走到他身邊來。

「阿清，我有代誌欲佮你參詳。」

「啥物代誌？」

「我是感覺，這馬囡仔出世矣，你敢會當莫定定家己出去翕相？店內囥咧攏無人，我袂曉翕相，人客若來，我嘛無法度替你接接。時間若久，人客以後就袂來矣！」

「嗯……。」

「閣再講，囡仔出世，你敢毋免踮佇咧厝內陪伊？」見他不答話，妻子微惱，「敢講比起恁囝，你閣較甘願去揣查某人？你莫掠準講我毋知影，你這擺去臺北是去共女模特兒

（moo-lé-luh）翕相！」

「無啦！你莫烏白想，我對翕遐的人無興趣……。」

「查某人你攏無愛，敢講你佮意翕查埔人喔？」

妻子因為生氣的關係語速極快，那短而急的「翕」音被吃去了，聽起來就像是在質問他是不是喜歡男人，氣氛一時陷入僵局，他不知道該怎麼回答才好。就在此時，孩子忽然啼哭起來，妻子像是鬆了一口氣似的，離開客廳去房間安撫孩子。臨走前她語尾發顫地說：「我講耍笑的，你莫認真。」

後來的日子裡，王常清不再往外跑，結合妻子的專業做婚紗攝影、拍證件照，開展照相館的生意。某一日，王常清的照相館迎來稀客——正是柯萬年，他和未婚妻一起來拍結婚照。不知道是不是錯覺，王常清覺得，妻子在見到柯萬年和未來的柯太太後，彷彿鬆了一口氣，整個人的神情都明亮起來。

「是欲翕結婚相片的，著無？」妻子換上招呼客人的笑容，「我等咧替你化妝、梳頭毛，啊白紗你欲揀啥物款的？」

妻子在一旁忙碌著，王常清準備好器材後暫且無事可做，便打算和柯萬年聊聊天。為了拍照，柯萬年今天是穿著西裝來的，頭髮梳得整整齊齊，看上去英姿挺拔。

「我今仔日敢有好看？」柯萬年擠眉弄眼地問他。

「有喔！真緣投！」王常清說服自己無視心裡的失落，讓自己露出得宜的笑容，「你欲結婚哪會無共我講？朋友做假的喔？」

「無啦！想講今仔日來，順紲提帖仔予你。」柯萬年從隨身的背包裡拿出一張喜帖，上面以金色字體寫著的新人姓名，「著矣！我這馬來甲恁兜，你啥物時陣欲提相片予我看？」

王常清接過喜帖，說著謊不敢看對方的眼睛：「相片喔……失禮啦！我頂擺檢查的時陣，發現相片攏無去矣，毋知囥去佗位。」

「哪會按呢？煞煞去啦！無要緊。是講，我結婚的時，你和恁某一定愛來，予我請恁食喜酒。」

「好。我一定會去，包足大包的紅包予你。」

王常清點頭允諾，為新人拍了一組結婚照。自柯萬年結婚之後，他不再沖洗曾拍下柯萬年的底片，他將底片深藏在櫃子裡，他像是遺忘了過往那般，專注於養家活口，每天早起開店、為客人拍照、沖洗彩色照片……數十年如一日，直到王常清和照相館都步入了暮年。新的世紀到來，數位攝影、線上修圖和雲端存儲快速興起，他已經太老了，老到沒有心力去學習新的事物，他和他的手工技術走向凋零。

客源大量流失，王常清正思考著退休，把照相館的店面租給別人做夾娃娃機店，就在這樣的時間裡，有位青年學者以建構臺灣攝影史之名來拜訪他。在學者來找他之前，王常清自認為自己並不值得在攝影史上占有一頁痕跡。他只是個普通人，普通地拍照、普通地看。

那學者來照相館蒐集照片史料，並為他做口述歷史，學者問他：「王老師，你拍很多勞動階層的男人是有什麼理由嗎？」

「嘛無啥物特別的……我就感覺個的身軀真好看。可能是我家己傷瘦，才會欣羨、佮意彼款的身材。」王常清想起深埋在櫃子裡數十年的底片，「我有一个朋友，我真佮意伊，足濟相片攏是伊，像我較早比賽著獎的相片……。」

「王老師。」學者打斷他，關掉錄音筆，「我覺得這一段……還是不要說出來比較好。」

「嗯？是按怎……。」

「這要是記錄下來，對你的夫人和兒子不太好吧？關於……私人情感的東西，我們不要談太多……我們專注在作品呈現出來的寫實主義跟社會層面就好。」

「按呢會使講的物件敢袂傷少？」

「袂啦！你翕的相片遮爾濟，哪會無物件通好講？像這一張……你當時怎麼會想要這樣拍？」

「講起來真歹勢……我都學彼个時陣日本的寫真月刊，煞學甲無神……。」

「啊！王老師你等一下，我把錄音筆打開。你繼續。」

王常清笑了笑，重複方才的話，心裡知道那些其他關於柯萬年的底片不能拿出來給他看。在後來的幾年內，有學者、記者紛紛來採訪他，一篇篇研究論文、專欄文章和傷逝的報導陸續出爐，卻依舊沒有挽回照相館必然的頹勢，他在八十八歲的那一年關閉了照相館，歇業那一日，他為照相館照了最後一張照片，縱然他知道相機只能抓捕瞬間，而無法真的留住時光。

時間帶走他的照相館和同窗友人（當中包含柯萬年），也帶來了今日的這一場攝影展。展前他曾翻出櫃子裡的底片，然後發現那些底片都受潮了，無法沖洗。

唯一留下的《背》與《修橋工人》的照片作為展品於展場中展出，他記得畫面中人物的名字，可是沒有人問過他、沒有人想知道被攝者的名字。

「阿公，你哪會坐佇遮盹龜？」

年輕志工輕搖他的肩膀，王常清悠悠轉醒，這才發現自己不知不覺中在展場裡睡著了，在夢中回憶了他的攝影人生。

「喔，遮的冷氣真強，真好睏呢！」他不好意思地笑了笑，從長椅上起身，「歹勢，造成恁的困擾。」

他走出展場，正想著要回家時，卻瞥見對面的展場也在辦攝影展，展場的名稱十分有意思——「甲里甲氣」，他細看了一下，發現這是某藝術大學的畢業攝影展。剛畢業的大學生怎麼能拍六十年呢？王常清好奇，拄著拐杖進了展間。

「甲里甲氣」的展間可比自己的展間活潑炫目多了，牆壁上貼著大片大片反光的鏡面紙，流動各色的光，牆壁上懸掛的攝影作品風格大膽而前衛，不避諱醜惡、情慾、性以及其他，新的世代以挑釁的態度回望作品前的觀者。

當中讓王常清印象最深刻的是那幅正對著展場門口的相片，畫面中有兩名男子面對著鏡頭裸身擁吻，面容依稀可見，最前方以清晰的花叢做出景深，那是一張黑白照片，構圖上卻讓他想起色彩斑斕的伊甸園。

他湊近去看解說牌的字，勉力看清了上面的作品名：《三人》。他拉遠了距離再度去看照片。嗯，確實，是溫柔閣有感情的鏡頭。

他凝視那張照片，駐足良久。

一個負責顧展的志工慢吞吞地走到他身邊，遲疑地問他：「阿公，我看你徛佇遮真久矣……你感覺這張相片翕了按怎？」

「真媠，我真佮意。」他輕輕地點了點頭，「按呢好。」

本文獲二〇二一年林語堂文學獎佳作

她說今天不拜拜

清明前後的路特別難走，下過雨的泥巴路泥濘不堪，一踩上去鞋面上都會沾黏泥土，柏油路也好不到哪裡去，雨水在瀝青上積成淺灘，面積甚大，連繞路都顯得困難。經過長途移動，從公車上下來時，蘇芊蕙面臨的就是這個處境，距離納骨塔還要走一段路，天降大雨，濕氣讓布鞋裡的腳趾潮悶，趾頭縫間幾乎能擰出水來。

幸好我帶了傘。她一邊安慰自己，一邊提著供品往山上走去。雨後散步也滿浪漫的。往山頭看去，樹葉中隱約露出建築物外牆的白。蘇芊蕙記得再往前走幾公尺就能看到以正紅色寫在石碑上的「永生堂」三個字，她是來這裡看媽媽的。永生堂是丈夫選定的，位置不錯的私立靈骨塔塔位，所費不貲，他說這裡的納骨塔坐山望海，景色極佳，媽會住得很開心。她聽了忍不住想笑，骨灰進了骨灰罈，鎖進小小塔位中，逝者之靈即便能睜眼，又能看見什麼？

蘇芊蕙明白丈夫對於只能讓婆婆生前住在老舊透天厝感到虧欠，從他們的房子望出去，只能見到舊式屋宅和鐵皮屋組建而成的風景，無有廣闊山海，只有喧鬧車馬和人聲。婆婆喜歡安靜，大半輩子卻都與市集、車站比鄰而居，她的諸多牢騷日日灌進兒孫輩耳朵裡，她習成自蛻為市集的噪音之一。

婆婆在菜市場附近開了間壽衣店，以一手裁縫手藝養大三子一女，她的四個孩子分別以忠孝仁愛各取一字命名，蘇芊蕙嫁的丈夫是他們家中的第二個孩子，名字叫做許至孝。按照丈夫所言，自他有記憶以來，他的母親一直是一家之主，父親和孩子們只有乖巧任她擺布的份，而她確實也將家務處理得很好。在往後所有婆媳問題的場合，夾在兩個女人之間的丈夫便會把眉頭皺成一個川字，擺出厭煩卻又試圖隱藏厭煩的滑稽表情，從喉頭深處吐出歉疚的音節。對不起，我媽媽的個性就是這樣。他說，老人家嘛，忍一下就過去了。

蘇芊蕙第一次聽到這句話的時候，許至孝還沒有成為她的丈夫，公公婆婆（或者說他們一家人）於她而言都是陌生人……不，更精準地來說，除了公公以外，其他人才都是陌生「人」。許家的老先生得先是一具屍體，許家人才能與蘇芊蕙相遇。

蘇芊蕙婚前是在市立殯儀館火化場工作的，蘇芊蕙家裡是單親家庭，家中經濟狀況不允許她讀大學，她也不是特別喜歡讀書，高中一畢業就去找工作了。剛出社會的時候，她在一家連鎖燒肉店打工，後來發現店內的升遷機會極少，哪怕她烤再多片肉、做多少桌邊服務，晉升的機會也永遠不會輪到她，心灰意冷下，她索性辭職回老家待業。

蘇芊蕙在做清潔工的母親看不慣她在家裡耍廢，某一日忍不住開口念了她幾句：「這麼好命哦？都待在家裡不用去工作的哦？」

「工作哪有這麼好找？我只有高中畢業欸！沒有人要我啦！」

「沒有人要哦？啊不然妳去做死人的生意好了。」蘇芊蕙的母親像是想到了一個好主意那般眼神發光，「反正每天都有人死，妳去殯儀館就不怕失業了。鐵飯碗欸！」

「齁！哪有媽媽要自己女兒去殯儀館工作的啦！以後嫁不出去怎麼辦？」蘇芊蕙翻了個白眼。

「啊不是沒有人要？」她涼涼地說，接著頗為欣慰地捏了捏她粗壯的手臂，「妳看妳『漢草』這麼好，八字也重。妳這麼『粗勇』，不管做什麼工作都可以啦！」

「靠北哦，又不是我自己要長得這麼『粗勇』，還不是妳生的！」

蘇芊蕙瞪了她母親一眼。她難道不知道她多麼希望能長得像電視上的女明星一樣嗎？膚白貌美身材好。如果她能長成那個樣子，被有錢人包養的話，可能一輩子就不愁吃穿了好嗎？

問題是，妳就沒有。她的母親說。

最後蘇芊蕙還是去應徵了火化場開出的臨時工職缺，那時是農曆新年後，正是殯葬業的旺季，過年期間不能燒的棺材都陸陸續續被送了進來。她的職前培訓做得相當隨便，負責帶她的同事用很快的速度順一遍流程後，就去顧他自己的爐了。上工第二日，她被分配到了一個火化爐。

蘇芊蕙永遠都記得自己送進去的第一具遺體是一個名叫「張雲美」的女性遺體，站在爐子外面家屬區的人只有一位老先生，她撿完骨，要將骨灰罈給他時，老先生卻不伸手接，搖了搖頭說骨頭他不要了。蘇芊蕙捧著骨灰罈愣在原地，不知道該如何是好，只得看著老先生走遠。報告班長之後，班長試著聯絡張雲美的家屬，卻都聯繫不上家屬來把她帶回去，最後是由市政府出面，把張雲美安厝進納骨塔。

張雲美事件之後，蘇芊蕙隱約擔心起自己的後事，如果她孤獨終老，在她的母親往生之後，她便沒有其他親人能為她處理後事了，她會成為另外一個未來的張雲美，隻身一人的孤獨地獄。有了這層認知之後，她對自己的終生大事緊張起來，拜月老求姻緣。她的母親見她如此緊張的模樣，安慰她說：「不要擔心啦！妳就好好做妳的工作，要是做得好，那些被妳幫助過的魂會來幫妳的啦！妳這是在做功德餒！」

或許是燒的遺體數量真的跟功德成正比，在火葬場工作了兩年左右，她遇上了許至孝。在親眼見到許至孝之前，她已經先從殯儀處的朋友那邊聽說了他們家的事蹟。「他們家很怪欸！時辰都已經算好了，要入殮了哦！結果那個許媽媽居然還堅持要把棺蓋打開，看那個壽衣的縫線有沒有掉，超機車的！」朋友皺著眉，「而且那個壽衣還是她自己做的哦！」

第一次見到許至孝，蘇芊蕙對他的第一個印象是「瘦」。許至孝清瘦而拘謹，順從地跟在自己母親旁邊，那時蘇芊蕙還不知道她將會變成自己未來的婆婆，只覺得那做壽衣的老婦看起來異常堅毅，身板挺得直直的。要送棺木進火化爐的時候，老婦的目光滿是逼迫，似乎只要過程中出了點差錯，她就會馬上去投訴的樣子。

因為那緊迫盯人的強勢態度，以至於蘇芊蕙在燒棺材時，明明身後無人，她卻老是覺得自己正被人無聲監視著，額頭上的汗都不知道是被高溫熱出來的還是因緊張而發出來的冷汗。

她戰戰兢兢地拿工具把棺材往火焰深處推，在一方爐口外看火舌跳動著，火光將蘇芊蕙的臉映上一層微微的橘紅色，她的鼻頭密布細汗，水珠閃閃發光。就在此時，一個不明物體從火化爐中爆了出來，她閃躲不及，被那物高速擦過了臉，她尖叫出聲、馬上跳開，她聞到血的味道。

「小蘇！妳怎麼了？」

「我好像被什麼東西打到。」她從地上夾起那塊碎片，「這啥潲？」

「哦，這個哦，心律調節器的碎片吧？啊妳要不要先處理一下傷口啊？如果很深的話要去醫院縫餒！」

「沒關係，我先把這座爐用好。」

她從口袋裡摸出OK繃應急，回到工作崗位，等棺木裡的遺體成灰。撿完骨將骨灰罈交給家屬的時候，許至孝注意到她臉上的OK繃。

「咦？妳的臉……。」

「下次如果往生者體內有裝醫療器材麻煩跟我們先說一下。」

她不假思索地說，話語出口才意識到這句話會不會有點不吉利？幸好，許至孝並不在意這些。

「不好意思忘記先跟你們說，那醫藥費……。」

「為啥物欲予伊錢？伊家己無細膩，憑啥物愛阮負責？」許婆婆冷冷地看她一眼，「遮爾少年，莫怪代誌做袂好勢！」

「媽，妳莫按呢講啦！」

「哼！緊共恁老爸提才著，你阿兄駛車佇咧外口等矣！時辰就欲到矣！莫去耽誤著。」

老婦扭頭往外走，許至孝抱過骨灰罈對蘇芊蕙露出抱歉的神情：「對不起，我媽媽的個性就是這樣。」

「沒關係、沒關係，做我們這一行，這種事情見過很多了。」她擺了擺手表示不用介意，「你也辛苦了。請節哀。」

蘇芊蕙的原意是指整個喪葬的流程，但許至孝會錯了意，以為她在說與老人家相處的事情。許至孝露出無可奈的笑容說：「老人家嘛，忍一下就過去了。」

她以為這樁插曲會以臉上多出一道淺疤畫下句點，沒想到幾個禮拜後許至孝來到殯儀館找她，他準備了一份醫藥費和宣稱可以有效去疤的藥膏，蘇芊蕙收下藥膏，堅決不收醫藥費。

「我又沒有去醫院縫，只是小傷而已啦！你太客氣了。」

「可是這樣我會很過意不去……。」

「啊不然這樣了。」蘇芊蕙靈機一動，「你請我吃一頓飯，這樣我們就一筆勾消啦！」

許至孝沒有拒絕，後來他們又陸陸續續約了好幾次飯，一起外出的頻率與感情的累積成正比，他們墜入愛河，蘇芊蕙很快地就遞了辭呈結婚，婚後與婆婆同住，幫忙婆婆打理壽衣店的生意。蘇芊蕙第一次結婚，嫁到別人家裡什麼都不懂，婚姻生活中讓她最感壓力的事情是準備初一十五初二十六清明端午中元過年天公生媽祖生各路神明誕辰的拜拜。她從未知道一個女人的生命裡居然要燒這麼多次的香，在她的印象裡，未出嫁前的她幾乎沒有準備供品的經驗。

自從嫁到夫家後，逢年過節的祭事都是她跟婆婆一起準備的：三牲四果、金紙香燭、茶酒糕餅……諸多事項總是搞得她頭昏腦脹。婆婆很注重這些事情，常常一大早起床去菜市場買菜，祭拜的菜餚堅持要自己做，身為家中唯一與婆婆同住的媳婦，蘇芊蕙不敢讓年紀大的婆婆自己操勞，只得強迫自己跟上婆婆的生活節奏，順應時節祭儀而活。

反觀自己的丈夫，哪怕拜的是自己家的祖先，他也只需要在上香的時刻出現在公媽廳就可以了。面對可以睡到日上三竿的丈夫，蘇芊蕙的心裡是有些埋怨的，她跟丈夫抱怨過，他給出毫無幫助的回答：「我媽就是這樣，妳如果不想做的話，可以不要配合她沒關係。」

蘇芊蕙翻了個白眼，不再對丈夫有所指望。她得承認是自己失算了，當時想和許至孝結婚，是看中他非家中獨子，也不是長子或么子，婚後來自長輩的壓力應該不會那麼大，然而聰明反被聰明誤，她沒想到許至孝是四個兒女中最堅持要和寡母一起住的人，如同他的名字一樣。她暗暗後悔起來，早知道會這樣，第一次正式拜訪許家之後就應該堅持結婚後要搬出去住的。

第一次跟著許至孝回家見家長的時候，她站在那棟三樓透天厝外面，一抬頭便看到公媽廳的紅光從窗玻璃透出來，那些光像是一雙眼睛，整棟透天厝像一隻巨獸，隨時準備將她吞吃入腹。紅光打在招牌上的「老嫁妝」三個字上，「嫁妝」二字紅得像滲血。年輕的她感到反胃，當下很想轉身逃跑，可是許至孝牢牢摟著她的肩，對她笑得溫柔。別緊張，他說。蘇芊蕙從那樣的笑容裡看出某種無聲的、急迫的請求，他在逼迫她不能撇下他一個人。

出於對眼前這個男人的不捨，蘇芊蕙在那日走進了目露凶光的巨獸嘴裡。日後她每每回想起這個場景，便益發相信一件事情——一個女人最容易陷入地獄的瞬間，是在她急著逃離原本的地獄之時。俗話總說人會上天堂或下地獄，她原以為這兩處空間應該是分開的，卻不想天堂只要多關了扇門、多開了幾道窗就能成為地獄，天堂地獄實則一處。

婚後第一年，她跟著婆婆學習怎麼拜祖先，婆婆掌握了供桌，彷彿這樣就能掌控整個家族。蘇芊蕙感到疲倦，開口問婆婆：「媽，妳逐年按呢攢拜拜敢袂忝？」

「忝嘛愛做！做人的新婦就是按呢！」婆婆神情莊重，「拜祖先是嫁入門的新婦才會當做的代誌，敢講欲予外口的細姨做？」

「無啦！我的意思是講，咱毋免拜遮爾濟菜啊！咱兜才三个人爾爾……食袂了啦！」

「食袂了就沓沓仔食。拜神明、拜祖先哪會當清彩拜？閣再講，我的後生佮查某囝若是轉來厝內，結果煞無物件通予食是欲按怎？」婆婆瞪了她一眼。

蘇芊蕙閉口不再多言，暗中想著：可是他們平時也不常回來啊？明明家裡只有妳、我和至孝而已啊！過程中婆婆對她諸多嫌棄。妳毋是捌佇咧殯儀館做代誌？哪會連這都袂曉？婆婆說。咱兜以後愛靠妳攢拜拜，妳按呢我哪會當放心？

「無啦！我做的空課佮這無仝款啦！」她笑得尷尬，話語沒有經過腦袋自嘴巴溜出，「我做的空課好無，妳到時就知……啊，嘛有可能毋知影。」

聞語，婆婆沉下臉色，蘇芊蕙自知失言，默默閉上嘴，提醒自己此處不比娘家，婚前和母親說話時那不經大腦開口的說話習慣該改改了。

為了討婆婆歡心，她暗中偷空回了趟娘家向母親討教祭拜的事宜，母親一臉茫然地看著她。

「啊？拜拜要準備什麼？不是啊！自從我跟妳爸離婚之後，妳什麼時候看過我在拿香拜祖先的？」

「嗄？那怎麼辦？」

「欸……啊不然我教妳，我平常去廟裡拜拜的那套好了，應該不會差很多吧？」

「也只好這樣了。不然也沒辦法。」

於是她們母女倆在非節慶的日子裡在家中擺了張摺疊桌，參照母親的經驗和網路上的資訊實際演練了一套祭祖拜神的流程，蘇芊蕙像考生似的把整套流程在心裡默背好幾次，希望能在下次拜拜時達到婆婆的標準。

在她胸有成竹地要離開娘家回去婆家時，母親送她到門口，訕訕地說：「阿蕙，對不起喔，我不知道要會拜拜那麼重要，沒有辦法教妳……媽媽我沒有娘家可以問，連帶害妳也沒有娘家可以問，真的很對不起妳。」

蘇芊蕙嚇了一跳，趕緊安慰她：「沒有啦！媽，妳不要這麼說。現在我知道要怎麼拜了啊！以後我生女兒，我也知道要怎麼教她了啊！妳不用擔心。」

日曆一頁頁地撕，很快地又來到下一個拜拜的日子。蘇芊蕙一邊看婆婆的臉色，一邊默想之前練習的成果，與婆婆一起擺好了供桌。

「媽，妳看，按呢敢會用得？」

她小心翼翼地問，心想這次總不會出問題了吧？卻見婆婆慢條斯理地伸手將盛著全魚的盤子轉了一百八十度，讓魚頭的方向從朝人轉而朝神仙。婆婆幽幽地說：「魚頭向後壁是泉州人的方法，咱許家的祖先是對漳州來的。妳做許家的新婦，以後這點毋通袂記得。」

蘇芊蕙點頭稱是，從頭到尾，婆婆從未露出一抹笑容，更別提對她的表現有何讚賞。隔日，她打電話給火化場的班長，詢問能不能復職。我真的快被逼瘋了。她以氣音抱怨著。

小至家務清理，大到店鋪管理，家中的大小事都得按照婆婆訂下的規矩來，這一棟帶店面和公媽廳的透天厝是婆婆的堡壘，當中的人事物都歸她所管，不得與任何人分享權利。蘇芊蕙婚後很少回娘家，因為婆婆不喜歡。

許至孝從小到大活在這樣的環境，早已習慣了母親的作為，他無法理解蘇芊蕙怎麼會這麼「適應不良」。每當蘇芊蕙向他抱怨時，他從不站在她這一邊，只是一味地幫自己母親說話、要求她一再忍耐。媽年紀大了，可能再活也沒有幾年了，妳就順著她嘛！他說。

許至孝的話語讓她在日後復職燒著其他人的棺材時，心中某一個角落隱祕而懷著罪惡感地期待著，那一日的到來。結婚多年，蘇芊蕙的心裡有很多不平衡的地方：例如婆婆對大伯阿叔的偏心；例如妯娌間只有她要負責侍奉婆婆；又例如小姑從來都不需要為了祭祀耗費心神。

小姑許至愛是一名設計師，因為工作的緣故常常飛國外參加時裝展，讓蘇芊蕙很羨慕，小姑嫁給一位工廠小開，家裡請了外籍移工。

「嗯？這些事情我不太清楚，拜拜什麼的，我都是給外傭弄的。我現在請的那個外傭已經來臺灣做很多年了，哪天該拜什麼她比我還清楚。」許至愛聳聳肩，不以為然地說，「拜託喔，我每天那麼忙哪有時間管那個？我有記得去上香就已經很給我老公面子了好嘛！」

許至愛每次一回到娘家就在鼓吹蘇芊蕙不用跟著習俗起舞，她說拜祖先如果真的這麼重要，那也應該是夫家的人自己去拜，不應該把事情都推到媳婦頭上。

「那妳要回來幫媽嗎？公公合爐之後，祖先牌位裡面也算是有妳爸。」她問，「每次我都叫不動妳哥。」

「叫不動就算啦！唉唷，我也想幫忙啊！可是我很忙啊！沒時間。」許至愛雙手一攤，「只好委屈妳了，妳就辛苦一點……對了！我這次有設計一款新包包，等成品出來我送妳一個。」

類似的戲碼反覆上演，結尾都是同樣的，會離開的人就是會離開，讓留下來的人繼續照著原本的生活軌跡運轉。

蘇芋蕙想著過去的事情，慢慢爬坡往納骨塔的方向走，路途上買了一束悼念的白花，才剛收起錢包，許至孝的電話就打來了。

「喂？妳跑去哪裡了？今天是清明節欸！不在家裡拜拜，妳幹麼去了？」

「正因為是清明節，所以我來永生堂看媽。拜『你家』祖先牌位而已，你自己一個人也可以做到。」

「什麼你家、我家？分那麼清楚幹麼？」

「那你當初幹麼堅持我們兩個人各自負擔家人的塔位？我那時候請你幫忙出點錢幫我一起買我媽的塔位，你就說不要！」

「事情都過去多久了，妳還要跟我吵這個？」

「不行嗎？」

「算了，我懶得跟妳吵。」手機那頭的許至孝嘆了一口氣，「妳又去看媽？妳之前……不是跟她的關係很不好嗎？」

「我就想說，人都走了，計較那麼多幹麼？」她微微心虛，裝作順口一提的語氣問，「對了，你今天要不要跟我一起去看我媽？」

「喔……有空的話……。」

「算了啦！不指望你。我要掛電話了，掰掰。」

她單方面結束通話，走進納骨塔裡請管理員開了鎖，小小的鐵門開啟，刻著婆婆名字的骨灰罈靜靜擺放在裡面，骨灰罈上安了一張照片，照片中的婆婆凝視她，眼神一如生前那般淩厲，可是蘇芊蕙並不在乎。

婆婆是三年前癌症往生的，婆婆罹癌住進醫院時，多數時候都是她和許至孝輪流在醫院照顧她的，要不是她堅持在火化場的排班推不掉，其他親戚恐怕會要求她當一個二十四小時無休的全職看護。

在安寧病房中，虛弱的婆婆這麼交代她：「我往生了後，妳愛親身送我上路，予別人來燒，我袂放心。親姆嘛是按呢共你交代的，著無？伊應該嘛希望是家己的查某囝送伊上路。」

「嗯，伊進前有共我交代。毋過，媽，你莫烏白想，無定著你的病……。」

「我家己的身軀按怎我哪會毋知影？攏踹入來遮啊！閣想欲騙我？」婆婆瞪了她一眼，「橫直我佮親姆就拜託你啊！」

婆婆在健康時一手掌握了家中大小事，連最難掌握的生死，她也像掐準了時間似的，選在兒孫都在場的時候嚥了氣，正是她向蘇芊蕙交代完後事的隔日。婆婆斷氣的那天，她同時接到醫院的通知，電話那頭的人說，她的母親昨夜在浴室滑倒，頭部重擊地面身亡，屍體是鄰居發現的。

婆婆怎麼能算得這麼準呢？她想，還是說，是婆婆帶母親走的呢？

為了先處理好婆婆的葬禮，母親的後事只好先往後移（沒辦法，夫家人多勢眾），許至孝以相當委婉的方式問她，母親的後事能否一切從簡？蘇芊蕙自己沒有多少積蓄，兩場後事離得太近，家中一時間也生不出那麼多錢，於是她說好，請同事們簡單地舉行了儀式。會出席母親葬禮的人只有她一人，她心中有點悲涼，不確定母親生前與娘家、前夫家都斷了聯繫究竟是好是壞。

當夫家的人聚在一起討論婆婆的葬禮、要送進哪座納骨塔等事宜時，她一直想起還躺在殯儀館裡的母親。蘇芊蕙看著手中的紙蓮花，心裡覺得荒謬：我媽死了還沒火化，我現在卻在這裡幫別人的娘摺紙蓮花！

她忍不住偷偷抱怨，未料說出口的話被許至愛聽見，她一邊摺紙蓮花，一邊漫不經心地回答：「對啊！又不是你們的媽。」

「咦？」她猛地抬頭。

「嗯？妳不知道嗎？」許至愛瞪大雙眼，微微壓低了聲音，「我二哥是我爸跟外面的女人生的呀！對方養不起，一生下來就丟給我媽養了。」

「我沒有聽他說過。」她搖了搖頭，「那妳二哥他知道嗎？」

「應該知道吧？」許至愛不確定地說，「我媽偏心偏得那麼明顯。」

「那妳知道妳二哥的親生媽媽是誰嗎？」

「好像是張美雲還是什麼之類的吧？我爸很久之前講的，有點忘了。」她聳聳肩，言語之間又摺好一朵蓮。

紙蓮花堆疊成小山，蘇芊蕙捧著蓮花到金紙桶慢慢地燒著，火舌捲上金紙，發紅、發黑、成灰。火焰躍動著焚燒一切，包括火化爐中的棺材。

她永遠不會遺忘自己那時的心情，兩具送入火化場的遺體，兩罈刻上姓名的骨灰罈，兩個空置的塔位……蘇芊蕙很快地做出決定，在表格上將兩人的火化爐編號互換。她的母親和婆婆的棺材分別在火化爐裡燃著。

將冷卻後的骨灰放入骨灰罈中，她一邊輕撫頭蓋骨，一邊在心裡說著：「媽，對不起，但妳不用擔心。」然後將頭骨置於罈中封好。

「小蘇，妳媽媽的骨灰罈我先幫妳收好喔？」身旁的同事問她。

「好，等我辦完我婆婆的喪事再幫我媽入塔。」

「妳婆婆是不是要去那個很貴的、新蓋好的私立靈骨塔啊？啊妳媽咧？」

「我沒那麼有錢，只能讓我媽去公立的，位置也不是說很好……」

「唉唷！他們不會在意的啦！有那個孝心最重要了。」同事安慰她，「與其死後在那邊花大錢辦喪事，還不如生前好好孝敬老人家，妳說是不是？」

「對啊！我也這麼覺得。」

出嫁之後便沒能好好孝順自己的母親，反倒花了比較多時間與心力在照顧婆婆，那麼，往生後對自己的母親好一點應該也不為過吧？畢竟她在婆婆生前可是付出得比其他人都還要多。蘇芊蕙在心裡這麼為自己找理由。媽，妳可千萬別怪我呀！這樣比較公平嘛！

夫家的人送婆婆入塔的那天，平時不太常見到的親戚們都到齊了，大伯許至忠捧著骨灰罈在前方走著，小姑許至愛撐著黑傘跟在哥哥身邊，許至孝和阿叔許至仁手拿線香跟在後頭，一大夥人浩浩蕩蕩地跟著道士走，眾人一路哭、一路喊媽，在悲愴的氣氛中，蘇芊蕙繃著臉，緊抿著唇，深怕一個不小心會笑出來。

這一群人當中，只有她知道那刻著婆婆名字的骨灰罈裡裝的是自己母親的骨灰，她很想跟丈夫說：「你哭什麼，裡面裝的又不是你媽。」但轉念想想，丈夫一直堅持不要把兩家人分得那麼清楚（雖然說這類說詞只會在對他有利的情況下才會出現），蘇芊蕙釋懷了，畢竟丈夫也勉強算得上是送了自己的岳母一程，即便他本人沒有意識到。

婆婆的骨灰如今睡在市立殯儀館梁下的塔位裡，事隔多年，這段期間她從未夢過母親或婆婆託夢前來抗議，亦沒有從丈夫或親戚間的口中聽聞婆婆的抱怨，她想，婆婆應該是原諒她了，或許因為原諒這件事展現了婆婆難得的寬容大度，所以神已讓她前往西方極樂世界或順利投胎了也說不定。

蘇芊蕙自知做了缺德事，所以打從復職以來，她從未動過自火化場離職的念頭，甚至比以往更全心奉獻於工作之中，送許多不曾謀面的往生者上路，祈禱他們能一路好走。她相信這樣做是在累積功德。

清明節的今日，她打算待會離開永生堂後再撥一通電話給丈夫，勸說他一起去市立納骨塔祭拜自己的媽媽，如果他願意，他便能祭祀到自己「真正」的媽媽，或許她還能帶他去看一看他的親生母親……不過一切的前提是他自己得願意才行。

蘇芊蕙向管理員借來摺疊桌，將母親生前愛吃的東西放在桌上，為母親準備的供桌雖不「豐沛（phong-phài）」，卻飽含祀者滿滿的心意。她將從路上買來的花束斜放在塔位裡，雙手合十，掌中握著兩枚硬幣輕聲低語著。

「媽，今天是清明節。不孝女芊蕙來看妳了。今天我準備了很多妳愛吃的東西，請妳要保佑我們一家人……我今天來看妳，妳有沒有高興？如果妳高興的話請給我一個聖筊……」

兩枚硬幣下擲，撞擊地面發出響亮的聲音，一枚落在地上翻出正面，而另一枚猶立著旋轉不止……。

致親愛的盤子A小姐

致親愛的盤子A小姐：

這封信起筆於妳最後一次上工的那天，我不知道我什麼時候會寫完它，將它寄給妳。我有預感這將會是一封長信，所以我現在將它打在我的手機記事本裡面，斷斷續續地寫，希望能將它完成。

先讓我們回到妳離職的那一天。那一天，像過去五年來那樣，妳裸身躺在中央的長臺上，上頭有燈光緩慢變換，藍的、白的、橙的……各色奇詭燈光打在妳身上像流轉的水，妳雪白的胴體是盤碟，盛裝生食熟物與擺盤的花。妳是器皿之中接近藝術品的那位（這是崔熙說的），食客圍繞在妳身邊，舉箸伸手啖食妳，整個用餐流程在妳的安排下像祀神的儀式。

那些裝飾品都是妳自己準備的，其他來兼職的人都沒有人像妳這麼用心，妳將每一次的餐會都視為一次表演展覽，依照不同主題搭配燈光和花朵，有時妳甚至會設定 dress code，事先要求客人穿戴指定的顏色或配件。這些費用都不包含在薪水裡，妳需要花妳自己的錢做布置，而妳甘之如飴，其他人都這麼笑妳：「啊伊都盼仔（phàn-á）啊！」，在他們眼中，妳是愚蠢的「盤子」。

我記得初見妳的時候，那是五年前餐廳面試的場合，我們本要找一批新的身體，無傷無痕、線條良好，妳來到我們面前，脫光衣服向我們展示妳身後的疤痕：一道自脖頸延伸到尾骨的巨大縫合傷口，以及周遭皮膚的細微傷疤。

妳說妳是一名行為藝術家，這些疤痕是妳之前展覽的成果，我偷著空檔在網路上搜尋找到了妳和妳的作品，影片中的妳背對鏡頭，雙手持針線試圖縫合自己，過程中不斷戳傷自己，妳的背部縫線凌亂，皮膚上點點血斑。我不太明白藝術家的腦子是如何運轉的，我無法理解這樣自我傷殘行為具有什麼文化意義，相較起來，我們餐廳提供的額外服務具有更簡明的象徵：金錢、權力及慾望。

「妳為什麼想要來做這份工作？妳很缺錢嗎？」崔熙露出和藹的眼神問妳，「這工作雖然時薪高，但是並不穩定，而且還要排班跟進行職前培訓喔！」

「沒關係，我另外還有其他工作，時間很彈性。」

「如果不是金錢因素的話，妳為什麼要來我們餐廳應徵？」

「我之前跟一位企業家來過妳們餐廳用餐，同桌的人有一位老先生，大概是看見女生裸體，興奮過度當場猝死在桌邊，而擔任器皿的女生仍然很淡定地躺在桌上一動也不動，我很好奇她當時的精神狀態怎麼樣。」

妳用談論天氣的語調說起以前的事，妳在說這段話的時候，臉上帶著泰然的微笑，絲毫不覺得這件事有多荒唐或詭異。我和崔熙對望一眼，她以眼神詢問我餐廳以前是否曾發生過這類事情，我點頭予以肯定的答案。

我的腦海中隱約浮起一個畫面，我對妳有印象。當時幾乎所有人的目光都在那倒地僵直不起的老男人身上，只有一個濃妝豔抹猶遮不住稚氣的臉蛋仍對著長臺上的女人，眼中閃爍著奇異的光。原來那是妳啊。

「工作人員要在長臺上躺三到四個小時不等，期間不能上廁所也不能亂動，妳的背可以嗎？」

「沒問題，我很能忍痛的。」

妳離開之後，崔熙說她想要錄用妳，而我持反對意見，我們之間展開了小小的爭執。源於日本藝伎文化的「女體盛」講求需使用純潔處女的身體為器，而妳的「其他工作」顯然不符合這項條件。崔熙顯然不在意這種處女迷思，嚴格來說，她甚至不在乎性別，只要合她眼緣，她都大手一勾錄取，十多年來她錄用的身體各異：侏儒、兒痲患者、工傷人士、有奶有陰莖正處於變性手術過程的跨性別者……她甚至曾試圖說服我躺上長桌，我既不美麗也不窈窕，但崔熙說沒關係。

「我想要看看『依萊克特拉』的身體能不能放上餐桌。」她瞇著眼笑，「妳這個戀父的女人。」

我鄭重拒絕，並警告她下次若再提起這類的事情，我就立刻從餐廳辭職。我始終不想變成像我母親那樣販賣身體的女人，崔熙取笑我，說這世間每個勞動者都是在販賣自己的身體，她看不出區別。我堅持世間的工作有高下之分。

崔熙是個任意妄為的藝術家（如果要我說的話，崔熙就是個瘋子，妳也是），不斷挑戰美醜、凝視與慾望的邊界，在一般社會觀感下的父權凝視之中進行一場具挑戰性的、顛覆的、龐大的美學社會實驗。我不確定妳看不看得懂上述那一大段話，坦白說，我也無法理解那些話的具體意義是什麼，我只是把崔熙延攬我時用的說詞照實寫下來而已。藝術家都這麼說話，跟崔熙用一樣的詞彙說話讓我覺得自己更接近她和她所在的位置一些。

會來崔熙的餐廳裡用餐的人大致上分成兩種：一種是錢多到沒地方花，決定一擲千金擴展另類用餐經驗的人，另外一種則是作風前衛的藝文人士，崔熙的家世與所學讓她在兩個圈子都很混得開。她用各種論述詮釋自己的行為與餐廳定位，多數時候我都敷衍帶過，身為一個餐廳經理，我只要確保食材的新鮮度、餐廳環境的整潔和勸導客人不要對器皿毛手毛腳便行。我不懂學藝術的創作者思維，當時針對是否錄取妳的對話內容我到現在都還記得。

「妳是不是有處女情節？妳這樣是在歧視出來賣的人喔！」崔熙說。

我下意識想否認，但我想起母親，於是我選擇沉默。

「如果客人知道他們用的盤子其實並不乾淨怎麼辦？妳不能因為她是妳的大學學妹就這樣！」

「為什麼不行？同學校的互相幫忙不是很合理嗎？」崔熙翻了個白眼，「妳不也是因為是我的高中同學才進餐廳的？」

我無法反駁，我從國立大學的企管系畢業，但尷尬的是我們家並沒有所謂的「家族企業」可以讓我管理，除非我將母親的賣身行為視作家族企業的產品……但基於現實考量，於孝於理我都不能這麼做，再說母親已上了年紀，她的生意不如以前好了。

好吧。我想。老闆最大，老闆說的都有道理。反正最後我們錄取了妳，妳成為日後躺上長臺的人。距離妳第一次上工已過了許多年，如今妳是我們餐廳裡資歷最深的「盤子」。

「唉唷！今天這個妹妹身材不錯餒！」

那一天，坐在我身旁的陳董這麼說道，他是餐廳的常客，每次來餐廳身邊都帶著不同的政商權貴，我在一旁陪笑，並不答話。我雖然能阻止食客的不當舉動，但卻管不住客人的嘴下一秒要說什麼，有些時候我真希望客人的嘴巴除了攝取營養之外不具備其他功能，畢竟不是每個人都懂得說話，分得清楚什麼該說，什麼不該說。

陳董轉過頭來打量我：「不過我一直很想問，林經理啊，妳看起來身材也像很好欸！怎麼不也在上面躺一躺？還是妳在晚上其實都躺其他地方？」

他說完，自以為幽默地笑了出來。

我繼續微笑，要不是他是崔熙的朋友，而她有事情抽不開身，我也不會在那邊代替她交際應酬。我抓住他打算摸我大腿的手握在手裡：「沒有啦！我老了不適合，而且她們都要經過嚴格訓練才能保持不動，我這個人很沒耐心，做不到啦！」

要成為合格的器皿，妳得與其他人一起接受基礎培訓，全身洗淨沐浴之後，要在雙乳、腹部和腿上放著雞蛋的情況下，躺臥不動，不讓雞蛋掉下，小幅度地呼吸，保持這個姿勢四個小時左右才算合格。過程中不能睜開眼睛觀察周遭環境，一旦上了長臺餐桌，在滿目黑暗之中便只擁有自己。

「嗄？啊她們不就躺著賺，在上面睡覺還要訓練喔？」

「當然要啊！啊不然睡一睡翻個身，大家不就沒得吃了？」

「也是齁！林經理，我看那個妹妹跟妳長得有點像欸！」

「一點都不像，我怎麼可能會跟她長得像？」我為他斟了一杯酒轉移話題，「對了，陳董，聽說你前陣子身體不太好，現在怎麼樣了？」

過了一會兒，陳董的注意力終於不再放在我身上，身為東道主，他招呼起客人動筷用菜，壽司師傅和助工加快了捏握壽司的速度，好填補客人夾取後留存的空位。妳身上開著繁花，私密處都被極具技巧地掩蓋，妳穿上花紋繁複的美麗紋胸，並在胸前鋪上荷葉，荷葉上放著壽司，平坦緊緻的腹部擺上淺碟裝著生魚片。

我盯著妳的肚子暗自揣想妳肚腹中的生命，隔著一層肚皮，上頭是死物吃食，下方是鮮活生命，食客們會感知到那孩子的胎動嗎？那孩子將來會知道他的母親正在被啖食嗎？我怔怔想著。就在此時，有客人欲拿取妳大腿上的燒烤串，頂端的番茄沒串好，咕碌碌地落到了妳的雙腿之間，那客人徒手撿拾番茄，趁機在妳大腿上摸了一把。這是顯而易見的性騷擾，而妳毫無反應，無知無覺地像個躺在棺材裡的死人，我不知道妳是真的進入了冥想的最高境界，還是自覺無法反抗而放棄了一切感官。那人試著要再做第二次，我出聲制止了他。

「先生，掉了的食材就不要撿了吧！不乾淨。」

對方收回了手，我偷偷看向妳的臉，不確定妳有沒有聽見我剛才的話。

「林經理，妳也吃啊！怎麼都不動筷子？」

「謝謝陳董，不用了，你們吃就好。」

我笑著婉拒，他的腿往我的大腿旁邊蹭來，男體的溫度隔著褲子布料貼在我的肌膚上，我往他的臉上看去，對方一副裝作毫不知情的樣子。我有點反胃，在心裡瘋狂祈禱崔熙快點出現。幸好此刻崔熙像是與我有心電感應似地推門走了進來，找了個藉口把我換了出去，我看了長臺上的妳一眼，妳身邊的壽司師傅對我點了點頭，以眼神示意要我別擔心，我出了包廂。

一出包廂我便往廁所衝，在洗手臺上乾嘔起來，一抬頭我在鏡子裡看見自己，我的臉是母親年輕時的翻模，可是繼承了她的經驗的卻是妳。每當我看著妳，我總會想起我的母親。我和妳說過我母親的故事嗎？她跟妳一樣，都是應召女。

我可以清楚地記憶童年時母親工作的那間房，鐵窗上的青藍窗花脫了漆，窗後掛著厚重的窗簾，房間擺了一張床和梳妝臺，母親躺在床上，工作時的她身上壓著不同高矮胖瘦的男人。母親工作的房間位於家中一樓，每每回家只要看見房門上鎖，便知道有客人來，母親零碎的呻吟透過門板傳出，那些聲音像是有形體，碎石般地向我砸來，逼得國小的我閃躲著什麼似地跑上二樓。

我們家的二樓是鐵皮加蓋，只有一個房間，我、父親和沒有接到客的母親都睡在那裡。二樓的房間多數時候都充滿菸味，父親因為先天的小兒麻痺，左腳幾乎沒有什麼肉，只剩下長了皮的骨架在支撐似的，他必須依靠鐵鞋、拐杖才能走路，他因為行動不便而難以外出工作，父親的時間有著大把、大把的剩餘，父親寡言，依靠菸酒把那些時間消耗掉。

除了菸酒的味道，房間裡還時常充斥著播音機放出來的誦經聲，木魚的敲擊聲和法師念經的聲音構成單一頻率，讓人昏昏欲睡。父親不准我隨意關掉播音機，他相信這些聲音可以洗卻母親的罪孽。妳不覺得聽起來很可笑嗎？但是他真的這麼認為。

事後回想，其實父親的缺陷似乎沒有那麼嚴重，他若努力一點大概也是找得到正職工作的，相較於打零工的父親，我更厭惡做雞的母親。雖然家裡的開銷幾乎都是她賺來的，可是她同時也為我們家招來鄙薄的眼光，左鄰右舍行經我們家的時候都流露出高高在上的姿態，輕蔑地說著：「趁食查某佮伊的查某囝。」

我聽著那些婆婆媽媽的話，心裡忍不住想善意地告訴她們：「恁翁婿有時陣嘛會來揣阮母仔！」

小時候的我非常憎恨自己的家庭，覺得有這樣的母親很丟臉，遂益加勤奮念書，希望可以考上好的學校，從此擺脫那個家。我的父母察覺我很會念書，大概是看見了階級翻身的可能，他們倆認真商討過之後，決定讓我念學費高昂的私立名校，為了賺我的學費，他們想出了一個點子。

某一日我回家，發現家中所有的窗子都被關上了，父親在廚房裡笨拙地擺弄食材。

「爸，你咧創啥？今仔日哪會食甲遮爾豐沛？」

「無啦！」寡言的父親掀了掀嘴唇，隱忍著說道，「恁阿母等咧欲用。」

我注意到父親說的詞是「用」，而不是「食」。

我望向餐桌上的那些食物，想著這麼多東西光靠我們一家人怎麼吃得完？此時母親從浴室出來了，全身只圍著一條浴巾。她朝著客廳裡的桌子走去，解下浴巾翻身躺在客廳桌子上，全身赤裸地。

「妳咧創啥啦！」

「我咧創啥？若毋是恁老爸無路用，我哪有需要按呢？」她翻了個白眼，大喇喇地敞開自己的身體，「妳莫管，我嘛是為著這个家、為著妳！」

父親一手托著餐盤，一手拄著拐杖，拖著左腳從廚房慢慢走出來，他在母親身旁蹲下，把食物一個個放到母親身上，父親準備的食物多是冷食，皮蛋豆腐、涼拌豆絲、冰鎮滷味、水果和餅乾，當中格外突兀的小吃是臭豆腐配臺式泡菜，我無法理解怎麼會有人選擇把這種食物放在身上，不，應該說當時的我無法理解為什麼有人要把食物放在女人身上？母親身材豐腴，膚色膩白，她像美術課本上的希臘女神那般躺著，任她的僕從伺候。

「阿慧啊！去共灶跤內面的菜捀過來，共我鬥相共。」父親垂著頭，我看不清楚他臉上的表情。

我僵在原地，一動也不動。

「啊毋卡緊咧？」她催促著，見我沒有要動手的意思，她嘆了口氣，「煞煞去，妳去樓頂，等咧莫落來。有聽著無？」

我沒有答話，匆匆跑上二樓，不知道過了多久，樓下傳來一陣熙攘，我按捺不住好奇，從樓梯口的縫隙中偷看：母親被食客們圍繞，父親縮得極小在一旁服侍客人、承受眾人的嬉笑。在那個瞬間，我覺得父親很可憐，在母親身邊他總顯得那麼安靜、卑微，像是縮在角落裡活著那般，母親占據了家中絕大部分的位子，只留下一點點地方給我和父親立足。他怎麼能忍受？母親怎麼能這樣？我忿忿地想著，暗中為父親抱不平。

母親看上去很愉快，愉快到不可思議的程度。男人們吃食聊笑，當中不乏一些熟面孔，在鄰里間偶然會遇到的那種。一名禿了頭的中年男子把嘴湊近母親的乳房之間，以嘴叼起她胸口的櫻桃，她因為發癢而笑了出來，身上的碗盤顫動，裝著臭豆腐的淺碟從母親身上滑落，掉在地上碎成好幾片，父親趕緊矮身收拾，看上去異常淒涼。

他們不知道從哪部A片裡面學到這些，用菜市場的吃食假造一場女體盛，那些叔叔伯伯們大概也不在意自己吃下什麼，整個場面像一場滑稽粗劣的秀。我躲在樓梯間，忍著噁心把整場表演看完，父親送走客人之後，數算著手裡的鈔票，屈辱而又欣慰地笑了，那是我看過最悲哀的表情。趁著母親去洗澡，我溜下二樓，氣得哭了出來，哽咽著問他：「伊對你遮爾歹，你為啥物欲佮伊結婚？」

父親背對著我，幽幽地說：「伊是一个㪐跤的查某人。」他頓了頓，而後補充：「『㪐跤』就是『能幹』的意思。」

他沉默一會兒，而後補充似地說道：「妳莫看恁母仔按呢，其實伊誠愛我，無伊哪會佮我結婚？我的跤腿生做按呢咧！」

父親拍著他細如柴的左腳，臉上滿溢著對母親的愛意，祀神那般地虔誠相信母親對他的愛。那一夜，我自己一個人看家，他們在夜半時分去了鎮上的廉價旅館睡了一晚。母親說父親不想在一樓的房間做。

後來他們如斯操作了好幾次，我用母親被當成盤子的錢繳了學費，進了隔壁城市的私立明星高中，那座城市裡沒有人認識我和我出身的家庭，我在那所私立高中裡認識了崔熙。妳是她的大學學妹，應該對崔熙有些了解……那時候的崔熙就已經是個怪人了，她在學校裡很有名，一來是因為她曾在國外念過書，回來臺灣後降轉讀高中，是同年級中年紀最大的人；二來則是因為她的思考模式在嚴格的天主教女校中顯得太過前衛了。我們的校園裡有修女和神父，早自習時需要做簡單的晨禱。

記得有一次的早自習，班裡來了一群愛心媽媽，目的是來宣導守貞概念，呼籲女孩們不該有婚前性行為，她們發下守貞小卡，要求每個人在上面簽名。妳們的貞操都是上帝的禮物，將來是要給妳們未來的老公的。她們這麼說。不貞潔的女子不會受到上帝的祝福。

崔熙當場笑了出來，把小卡撕成碎片，說：「哇！那我很早以前就沒有上帝的祝福了耶！話又說回來，妳們怎麼能這麼肯定自己對妳們老公來說是禮物，而不是詛咒啊？」

崔熙一語直接挑戰天主教媽媽的宗教信念，其中一個媽媽指著崔熙說：「像妳這種女生是最沒有價值的，妳知道嗎？」

我不知道價值要怎麼衡量，但我知道價錢該怎麼算，母親一個晚上接一名客人六千塊，如果情況理想，每天都有生意的話，她兩個禮拜就能賺到我的學費和補習費，一個月就能應付我們家的日常開銷和父親的醫藥費。她的勞動所得可以創造我在未來的價值，我可以考上好大學，有份好工作，賺很多的錢。我在母親的身體上鋪排未來的康莊大道。

妳知道嗎？我有些時候會想，我如果能聰明到考上好大學，那想必我父母的基因一定不會太差，那我和母親的差別在哪裡呢？會是努力或勤勞程度上的不同嗎？她在家裡是個懶惰的人，她很少做家事，多數時候都是我或父親在做家事，不工作的時候，她會看韓劇日劇八點檔，或者是躺在一樓的床上睡覺，除了工作的時候，她幾乎是與現實抽離的，在我看來，她多數時候都活在巨大的夢幻泡泡中，她有很多、很多關於浪漫而不切實際的幻想儲藏在電視機和睡夢裡，有需要時就提出來咀嚼，像從提款機領錢。

不管妳相不相信，我這樣講並沒有惡意，但是我真的覺得如果我母親可以再努力一點、再更有一些身為妻子和母親的自覺，或許我們家就不會變成這個樣子。我不知道妳是不是也是這樣想的？

妳還躺在包廂長臺上，崔熙從包廂中溜出來，在廁所裡找到了我。她要我算好妳的薪水、離職金與結婚禮金。要給 Ariel 包個大包的紅包，畢竟要結婚了。她說。

Ariel 是妳當初進來時用的藝名，我和崔熙都這麼叫妳。迪士尼裡面人魚公主的名字（或許是因為這樣，所以我總覺得妳身上的生魚片像是妳被割下的肉）。人魚公主從餐桌上下來，找到了她的王子，妳先有後婚，下海的總算等來上岸的一天。我希望妳不要像我的母親一樣，她一直到年老色衰，丈夫往生後才終於上了岸。那大概是我大學剛畢業，開始找工作那陣子，年過半百的母親在激烈的競爭下已經接不到什麼客人了，那段時間大概是父親最舒心的一段日子——他終於不用再和其他男人分享他的妻子。

某日，他決定從二樓的房間搬下來，住進母親以前工作的房間裡，他和母親在那裡睡了一夜，然後隔天早上，父親上吊自殺了。

一切顯得匪夷所思，我趕回家治喪，問母親怎麼一回事，她雙手一攤，說：「我嘛毋知影伊佇咧發啥物神經？」

父親走後，我更少回老家了。我找不到理由回去，在我的腦袋裡，我和父親是一國的，母親自己一國，兩邊分別占據家中的一、二樓，有一條線橫在我們彼此之間，楚河漢界分明，我很難跨過去。

我得向妳承認，作為女人，作為我母親的女兒，我心裡有一小塊地方是看不起她的，而冰雪聰明如妳，在正式上工的那一天，妳就看出我的這份心思了吧？妳還記得嗎？妳趁我不在的時候對崔熙說，我看起來不喜歡妳。妳以為我不知道，可是其實我都聽見了。妳是對的，我確實對妳沒有什麼好感，我不懂妳為什麼不缺錢還要來做這一行（後來崔熙跟我說了妳的研究領域是關於性工作者的，妳是在「融入」她們）。那我就不知道妳是因為原本就在那個圈子裡所以才想要做這個研究，還是因為這個研究才進入那個圈子的？我猜是前者，但基於禮貌，我不會跟妳求證。

妳或許會覺得我薄情吧？這麼不諒解自己的母親，明明她這麼努力地栽培我、養育我，然而她一手養大的女兒卻不怎麼愛她。血脈相連、性別相同，可是我偏偏沒有辦法完全同理她的處境，這對她來說大概是很大的傷害。我能明白她的人生過得很辛苦、值得人同情，不過要是我能有所選擇，我希望生下我的人是像崔熙她媽那樣的貴婦，而不是她。

我曾經對我母親做過最殘忍的事情是帶她去看崔熙的小劇場表演，她的劇團選在大學附近的小酒吧裡面演出，酒吧裡流淌著淡藍色的光，一大塊紅紗在酒吧中央圍出一塊表演場地，觀眾圍繞著紅紗席地而坐。紅紗裡面，崔熙和一名男子全身赤裸，隨著節奏疏懶的爵士樂搖擺身體。

崔熙學過舞，她修長的四肢一揮一擺都是風采，她毫不羞怯地展現自己年輕而結實的身體，藍光透過紅紗在肌膚上形成流動的紫色，她踮腳、躍步、旋轉……我本以為這只是一場赤裸的雙人舞，直到崔熙和男舞者接近，跨坐在他身上起伏如浪，我這才意識到他們正在做愛。

我觀察母親的表情，她一開始先是被嚇到了，後來放鬆下來，比我還要坦然地觀看這一場演出。母親湊近我，低聲說：「彼兩个人誠好看。」

「是啊！」我用氣音回覆她，「妳看，𪜶按呢是藝術，啊妳做這是啥？」

母親臉上的笑容僵住了，我迅速與她拉開距離。我可以告訴妳當下我在想什麼，當下我覺得我體內有兩個自己，其中一個在自責己身的冷血無情，另外一個在享受傷人的快意，暗中得意，像是為父親出了一口氣。

演出結束之後，母親像是隱忍著什麼似的開口：「妳哪會當按呢佮我講話？若毋是我，妳哪有法度讀冊讀甲遐爾懸？」

我冷眼看她：「若毋是因為妳，我細漢時陣哪會予別人看袂起？妳敢知？厝邊頭尾的阿伯阿叔攏咧共我笑，講我以後嘛會佮妳仝款去『討契兄』。」

母親不說話了，那日的沉默一直延續到她往生。Ariel，妳的肚子裡面現在有一個孩子，相信我，永遠不要告訴她／他，妳年輕的時候曾做過什麼。這世界上絕大部分的人，都不是妳和崔熙那種追求藝術、公義或解放的女性主義者，也不是所有的兒女們都能原諒父母的黑歷史。以我為例，直到我母親過世前，我們的關係都沒有好轉過。

扯遠了，讓我們回到我喪父的事情上。失怙之後，我有好長一段時間走不出來，我甚至疑心父親的死或許和母親有關。她會不會像那些駭人的社會新聞一樣，悄無聲息地殺掉他？縱然警方的調查結果顯示父親是自殺，我仍對母親懷有些芥蒂。母親一定做了什麼，不然父親怎麼會毫無理由地自殺了呢？

崔熙看我情緒低落，拉著我去做瑜伽和冥想，在一連串對身體柔韌度的訓練之後，課程末端我們迎來了攤屍式，瑜伽教練要我們放鬆全身躺在地上，專心冥想。在印度禪樂中，教練的聲音如流水那般流入我的耳朵裡。

（「現在我們來做大休息，用腹部呼吸。想像你的身體裡有一股意念，從你的腳趾頭開始，慢慢往上竄，意念經過時就放鬆你那裡的肌肉。」）

我默念《心經》，想像幼年時父親播放的佛經字句有了具體形象，像繩子那樣從我的腳尖鑽進來。觀自在菩薩，行深般若波羅蜜多時，照見五蘊皆空，度一切苦厄。舍利子，色不異空，空不異色；色即是空，空即是色。

（「專注呼吸，不要在意你的身體，不要去想是否有人在看你，關注你自己。」）

我的腦中浮現妳躺在長臺的模樣，雙眼緊閉，身體自然放鬆，妳睡在一片盛開的花朵之中。妳關注自己的內在，靜謐由妳而生。妳曾用一種非常奇異的表情跟我說過，妳在長臺上闔眼冥想時感受到了全然的平靜。我試著學妳那樣像具屍體那般躺著。

（「放下我執，想像你是一塊石頭、一抔土、一個沒有生命的物體……。」）

例如盤子嗎？我的腦中深處有個聲音如此答腔，幾乎是同時，母親的樣子在我腦中躍了出來：母親躺在桌子上，豐腴肥美的身體上擺滿食物，周遭的食客男男女女撲向她，一群不知饜足的、精明狡詐的貪狼猛虎。躺在桌上的女人猛地抬起頭來，我原以為該生著母親面容的地方卻長出我的臉。

我猛地睜開眼睛，從瑜伽墊上爬起來，跑進廁所對著馬桶乾嘔。自從青春期的我看過母親被當成盤子的場景後，我有很長一段時間都閉著眼睛洗澡，我一點都不想去看我的身體、母親的身體或任何女體，盛裝目光、食慾、性慾、嬰孩，容器似的身體時常讓我忍不住想吐。

我確信崔熙知道這點，而她明知如此卻以高薪誘惑我來她的餐廳，她分明就是故意的，她緊抓著我對金錢匱乏的恐懼，讓我去面對高矮胖瘦各不相同的身體。又不是讓妳去躺在上面。她說。妳要試著接納妳自己的身體，還有別人的身體，習慣一下好嗎？

「妳一不舒服就跑廁所的習慣真的都沒有變耶！都多少年了？」

「妳最一開始的時候沒有跟我說妳的餐廳是這樣子的餐廳。」我對她比出中指。

「唉唷！妳只要想成是一般的餐廳就好了啊！」崔熙開玩笑似地眨了眨眼，「只是盤子的造型比較特別而已。」

「我一直都把他們當成是盤子。」我說。

當手機的計時器響起時，表示一頓飯局的時間已經結束了，妳在崔熙餐廳裡的打工也正式畫下句點。妳把狼藉的身體洗乾淨，穿上衣服，和妳的未婚夫跑來辦公室找我，說想要找個時間去靈骨塔看我母親。

「我們覺得我們結婚的事情應該要跟乾媽報備一下。」妳說。

我點頭答應了。我不在家的那段時間裡，許多學生、學者在我家中來來去去，試著從我的母親口中挖出一些她的過往和生命史，那是一段我無從參與的運動，而我心裡也知道自己並不想涉入其中，妳們覺得我的母親是無罪的、讓人同情的，而我從最初到最後就不與妳們在同一陣線上。

我輾轉從母親的好姐妹口中聽說她認了一個來做田野調查的學生當乾女兒，我一開始不知道那就是妳，一直到母親的葬禮上看到妳，我才知道原來妳已經當我母親的女兒好一段時間了。在葬禮上妳表現得比我更像母親的親生女兒。

我的母親在和父親結婚前曾有過一段婚姻，她的前夫是那個年代的黨外分子，時常往外跑，人和錢都難以留在家裡，後來她的前夫被人抓走了，再也沒有回來過。她和前夫生的兒子被婆家討了回去，她自己則再嫁他人，嫁給了我的父親，她嫁給父親的理由，根據她的說法是：伊的腳無方便，袂烏白走。

小時候我時常會擔心母親前一個家庭的兒子或其後代會在某一日找上門來，吵著說要分遺產，但年紀漸大，我就不再擔心這個問題了，我們家並沒有什麼財產可言，若旁人要來分遺產，就必須要先承認他是妓女戶的骨肉，我覺得很少有人會為了這麼一點（或者說幾乎沒有）的錢選擇這麼做。

當妳出現在我母親的葬禮時，我曾一度以為兒時的假想即將成真，不過妳好像沒有那個想法，妳就只是單純地來見親近的長輩最後一面那樣，在冷清的我家客廳中央為她上了一炷香。

葬禮那天，妳拉著我說了許多關於母親的事情，許多事情我都不知道，都是第一次從妳口中聽說。母親似乎更願意對妳開口分享她的生命史，而不是我。妳說母親出生於戒嚴年代的貧窮家庭，經濟發展的一連串進程並沒有眷顧到她的家族，我的外公外婆重男輕女，早早掐斷她的求學路讓她去做女工，接著工廠倒閉，她嫁的第一任丈夫會酗酒、家暴，第一任丈夫被抓走不知所蹤後，她嫁給一名小兒痲痺的患者，生了一個女兒，為了維持家計不得不賣淫維生……幸好她的親生女兒很爭氣，能在這種環境下讀到大學。

「乾媽的問題是歷史與結構性的問題，不是她的錯。」妳這麼對我說，「乾媽說她唯一的遺憾就是沒能在走之前多看看妳，跟妳說說話。她覺得很對不起妳……。」

如果這是一部電影，我猜那時的妳會期待看到我流下兩行清淚，跪在母親的靈堂前懺悔。但是Ariel，這裡是現實，現實的意思是，像我這樣的人只會對我曾受到的傷害有所反應。

我面無表情：「然後呢？」

「她很愛妳、很以妳為榮。我只是想讓妳知道這些。」妳看上去有點不知所措，我猜或許是妳終於發覺自己太過涉入別人的家務事所致，「她把房子和地留給了妳……。」

「我知道我媽很愛我，只是我們的心結很難解開。」我放柔語氣，「謝謝妳告訴我這麼多事情。」

在妳離開之後，我躺上母親工作的床，背部貼在床單上，母親勞動時發汗的背部體溫收束在布料纖維裡，我想起母親躺在棺材裡的樣子，彼時她躺在棺材裡，棺材底部墊著冥紙和衛生紙，那會不會是母親享受過的、最好的睡眠體驗呢？柔軟而富有，無有匱乏。

我抬眼，看見房間天花板時一愣，天花板上貼著一張泛黃的男性港星海報（大概是從唱片行回收的舊海報），男明星對著鏡頭一笑，電眼勾人，以飽含愛意的眼神望著鏡頭外的眾多粉絲。母親在工作時，越過那些買春客的肩頭，看見的便是他，而不是父親。父親決定自殺的那日清晨，他是不是一睜眼就看見了這張貼了數十年的海報？

我深呼吸一口氣，起身半跪在床上，仰頭試著把海報撕下來，動手的時候不小心將海報撕破了，「刷啦」一聲，撕痕將男星的臉分成上下半張，上半部的眼睛和下半部的嘴唇下巴，中間是一大截起毛的空白。我把海報丟進垃圾桶裡，不是所有的裂縫都能被補起來。

當這封信被寄出時，我想我會隨信附上妳在離職那一日給我的海報，那張我母親喜歡的男港星的海報，妳說妳曾在我母親的房間天花板上看到這位男港星海報，希望我可以代為轉燒給我母親，但是我想，這海報應該給妳來燒，我來燒的話，我會覺得背叛了我的父親。

感謝妳在我母親生前的最後一段時間，在她的心靈上替代了我作為女兒的位子，妳造福了雙方，免去我們的僵持。這封信就到此為止，祝福妳新婚快樂，以及妳未出世的孩子不會遇到和我相同的處境。

妳乾媽的親生女兒上

論集體失憶在家族場域中實踐的可能性

暖黃色的燈光優雅地灑落在以米色為基調布置的空間中，櫃檯後方的護士小姐翻閱預約冊，書頁沙沙作響成為背景音，我站在櫃檯前發呆，視線鎖在她背後的海報上，那海報上有一張老年男性茫然的面孔，一旁的大字寫著「失智老人需要你我一起守護！」，海報底下列了一排小字說明失智症的高風險族群。

獨居、患心血管疾病等三高族群、家族有失智症病史、憂鬱症患者……那一排小字像咒語，在我心上喃喃許久，我和父親一定程度上完美對應了上頭連綿的名詞。

護士小姐喊我的名字，喚回我的思緒。

「柯小姐，我們今天下午的預約都滿了哦！」

「滿了？」我環顧候診室，「現在人看起來不多啊？我不能現場掛號嗎？」

「現場掛號也是要排到好幾個小時之後才能看，診間現在有人，等一下預約的患者可能就會來了。」

「那大概要等到幾點？」

護士小姐看了眼牆上的時鐘，再瞄了眼寫得密密麻麻的簿子，滿懷歉意地說：「可能要到晚上了，今天人很多……還是我們幫妳轉介到其他診所？」

「沒關係，那算了，我之後還有事，過幾天我再來看好了。」

反正我今天的計畫裡本來是沒有「看身心科醫生」這一項的，不過是在買補充的清潔用品時路過診所，看裡頭沒人且家中安眠及抗憂鬱藥物已盡，一時動念才推開門的。

「那我先跟妳約下禮拜的時間好嗎？晚上的時間可以嗎？」

我正要開口問能否換到下午時，腦中忽地意識到從今以後家中會有另一位照顧者可以看護父親，將我喘息的時間延長至晚上，遂點了點頭說「沒問題」。護士小姐貼心地將寫了約定時間的紙條遞給我，我收下放進錢包夾層，在心中提醒自己不要忘記這件事。

離開診所，我提著一袋清潔用具走回家，瓶身彼此碰撞，發出咖啦咖啦的聲音，搭配我的腳步聲像極了一首輕快的歌。咖啦咖啦。叩叩。咖啦咖啦。叩叩。

今天是阿莉要來的日子。

趕在仲介來之前，我先把家裡仔細打掃了一遍，自從姐姐出嫁後，我搬回來這個家與父親同住。老家位於平交道旁邊，鐵軌擦著我們家的樓梯牆壁往遠處延伸，每次火車要經過的時候，平交道的警示燈會噹噹作響，接著是火車壓著鐵軌而過的呼嘯，轟隆轟隆。列車行經的時候整棟房屋似乎都在微微晃動。

姐姐和我到外地念大學的時候，母親將三樓的透天厝隔成自家居住的一樓，和分租給學生的二、三樓，她請工人沿著樓梯砌了一道牆，在牆壁上於二、三樓各開了一道門，每層樓都裝潢成家庭式的出租套房，當中除了臥房外還有衛浴和廚房，一棟房子被切成三個家，居住在內的人彼此互不干涉。

我住在二樓，三樓仍舊開放出租，現在住在樓上的是附近大學的研究生，聽姐姐說那個研究生等畢業之後就要結婚去了，下學期不續租。妳有空再到臉書上的宿舍出租社團貼文找新房客，姐姐這麼對我說。我說好。

住在三樓的研究生我在學校和樓梯間見過幾回，她留了一頭長髮，戴著眼鏡，背著一袋沉沉的理論書，好像是讀有關腦神經方面的研究。她是個很好的房客，按時付房租、沉穩安靜，與我們家活成互不相關的平行線，除了偶爾在樓梯間遇到會打聲招呼以外再無其他交集，不擅與人交際的我很喜歡這份距離感。以前在外租屋時的房東太太為人熱情，時不時就拿來水果點心送我，我一個人吃不完，常常收下之後過一段時間就扔到廚餘桶裡，有一次丟東西的時候意外被她看見，她冷著臉沒說什麼，但從那之後她就不再送我吃食了，對我的態度也隱隱有了嫌棄。送物件予伊嘛是無彩，伊攏摒倒去，誠歹伺候。我曾聽她這麼對其他房客說起我。

剛搬回家的時候，我很擔心自己的態度相較於母親或姐姐是否太過冷漠，但後來我發現那研究生同樣不太喜歡跟房東打交道，我鬆了很大一口氣。我光是要照顧我和父親的生活便已精疲力竭，實在沒有多餘的心思去偽扮一個熱情好客的人，我本來就不是那樣的性格。

父親失智多年，最初的幾年間因為我和姐姐都在外地念書的緣故，父親的生活起居是由母親負責照料的，那段時間她時常哀嘆「該來的還是躲不掉」（祖父也患有阿茲海默症，因為雙親都有工作在身的緣故，彼時家裡是請來外傭負責照顧的），父親的閒暇生活早在失智前便開始了，母親的勞務卻是一直延續到退休後，至死方休。

母親往生後，因為父親的年紀和巴氏量表的分數未達聘用外籍看護的標準，所以在葬禮結束後，畢業的姐姐搬回家，在附近的地方企業當會計，姐姐本來已被跨國公司錄取了，她放棄那份工作回家，我知道她的心裡並不是毫無怨尤。

其實我內心深處對姐姐頗有微詞，我不希望她那麼早結婚，把照護的棒子丟給我。她與男友先上車後補票，在我眼裡這種行為就是她急著擺脫原生家庭的最佳證明，但仔細想想我也沒有資格說她，追根究柢都是人類刻在本能中的自利因子作祟。

我們家的女人們在冥冥之中似乎都走上相近的道路，父親的家族有失智的遺傳基因，疾病因子順著血脈刻在後嗣的生命密碼裡，連帶地決定了後代與其家族的照護責任，人人躲不掉，即便逃脫一時，也會受不可抗力的神祕因素牽引、歸返，重新嵌入家族命定的系譜裡。

提著一大袋東西回到家，在家門前的轉角感受到褲子口袋裡的手機震動，騰不出手來接電話只得繼續向前走，然後我在家門口看到那研究生正在打電話，她看見我後掛斷了電話，欲言又止地看著我，我往前走了幾步，馬上就明白了發生什麼事。

離家越近，糞便的惡臭就越明顯，我屏住呼吸往屋子看去：泥黃色的排泄痕跡濕漉漉地往樓梯上方蔓延，父親坐在樓梯最後一階上，恰恰在研究生的房門前。我打開樓梯間的電燈開關，慘白的燈光灑在原先幽暗的樓道裡，照亮父親消瘦的身子、茫然的神情與他身下的穢跡，燈光把一切都照得明顯。那研究生捂住口鼻，下意識發出作嘔聲，而後似乎驚覺這不太禮貌，摀著口鼻默默挪遠了幾步距離。

當下我的腦袋一片空白，父親一向不喜歡穿成人紙尿布，我剛搬回來的時候同樣碰上好幾次類似的情況，每每遇到都幾乎快崩潰，而他隨地便溺的惡習（我知道他無法控制，不能怪他）正是讓我下定決心要雇外籍看護的因素之一。話又說回來，之前他都拉在自己的房間床上，跑出家門讓人看笑話，今天倒是第一次。

「爸，你哪會佇遐？」我又氣又惱，卻也無法馬上拿出勇氣走上樓梯，「你緊落來！莫鎮佇遐！」

父親蠕動雙唇，什麼話都沒說，繼續坐在原地。

「爸！」

「他會不會是害怕啊？」研究生在稍遠處開口，「畢竟這個樓梯對老人家來說可能有點陡。」

我看向樓梯上的父親，掙扎再三，最後還是捲起了袖子與褲管，準備走上樓梯，就在此時，我聽見汽車滑行進入巷口的聲音，那是仲介的車。仲介李先生停妥車從車上駕駛座走下來，一名膚色略深的女人則從後座出來，那女人看上去和我差不多歲數，穿著較為寬鬆的衣褲，頭髮俐落地紮成馬尾，她拎著行李袋，臉上端著沉靜溫順的神情。那張臉我在仲介給我的資料上看過，她就是阿莉。

一看到阿莉，我鬆了一口氣，緊接著對自己的反應感到羞愧。讓阿莉來的第一天就讓她上去把父親帶下來，這不太好意思吧？

「柯小姐，啊妳們怎麼都待在這裡？」李先生大步朝我們走來，阿莉亦步亦趨地跟在他身後。

我不知道該如何回答，迅速和研究生交換了一個眼神。

「咦？怎麼有一股味道？」李先生皺了皺眉，而後目光一轉，看到樓梯間的情況，

「喔……原來是老先生在那邊。」

阿莉也看到了樓梯上的父親，她沒有皺眉或表現出厭惡的神情，如果硬要說的話，她看上去像是認命了，早早認知到她在這個家的第一個任務是什麼。她放下行李袋，捲起袖子，把褲管往上推，結束一連串的動作後，阿莉說：「我去把他帶下來。」

聽見阿莉這麼說，我的心裡湧上一股愧疚：「我跟妳一起上去好了。」

「柯小姐，不用啦！妳讓阿莉去就可以了，樓梯間這麼小，妳上去人擠人做什麼呢？」李先生回頭看了阿莉一眼，後者會意地點了點頭。

「太太，沒關係。我自己可以。」

話落，阿莉便走上樓梯，一開始她小心翼翼地試圖避開樓梯上的排泄物，但樓道太過狹小，阿莉無可避免地踩到了糞便，她抬腳看了眼藍白拖鞋底的汙黃痕跡，嘆了口氣，而後邁開大步，大膽而堅定地走上樓梯，去到父親身邊，將他慢慢地從地上扶起。潮濕的、黏軟的糞便自父親的褲管滑下，落到地上，爛泥似地令人作嘔。

「阿公，我們下去。」阿莉溫聲說著，眉目柔和，「不要害怕。沓沓仔行。沒關係。」

她抓著父親的手攏上樓梯扶手，自己在父親的另一側近身攙扶他，初次見面的他們一步一步走下樓梯，腳步踩在階梯上。啪搭啪搭。啪搭啪搭。父親難得沒有無理取鬧，在阿莉的身邊安順得像個孩子。阿莉看上去比我更像父親的女兒，我有些慚愧。

「阿莉上一個僱主也有失智症，所以齁，她對照顧這種老人家很有經驗啦！柯小姐妳可以放心！」

「原來如此，難怪她看起來很熟練的樣子。」我不禁苦笑，「跟她比起來，我簡直差得遠了。」

「唉唷！柯小姐妳不要這麼說啦！那個叫什麼……『術業有專攻』嘛！啊阿莉本來就是被妳請來做這些的啊！她幫忙妳，妳才能出去工作，做對社會更有意義的事情啊！對不對？啊我記得妳是大學的教授？」

「不是。只是行政人員而已。」我尷尬地搖了搖頭，「負責辦理海外志工業務的。」

「喔，這樣喔！啊那也是很重要啊！」李先生轉移目光，指著樓梯上的阿莉喊著，「阿莉妳小心一點！不要弄傷老先生，知不知道？」

我從樓梯口退了出來，轉身走到研究生的面前，她雙手抱胸，不知如何是好地左右張望著。

「同學，不好意思害妳不能回家。」

「沒關係沒關係。這也是沒辦法的事情。妳辛苦了。」

「不然這樣子好了。」我從皮夾裡掏出兩百元遞給她，「我請妳。妳去咖啡廳喝個咖啡、吃塊蛋糕等一下，等這邊清理好了，我再打電話通知妳。」

「不用啦！這怎麼好意思？」

「不用客氣。這是我的一點心意，多少補償妳一點。」我把錢塞進她的手裡，「這裡的味道不好聞，妳不用待在這裡啦！」

「喔……好吧。謝謝。」研究生收下錢，點頭致謝後離開了屋子。

送走研究生之後，阿莉和父親也差不多走到一樓，阿莉扶著父親站在樓梯口看我，父親身上的惡臭襲人，我下意識屏住呼吸，接著毫無頓點地開始說話（因為人無法一邊說話一邊呼吸）。阿莉妳把阿公送去浴室幫他洗澡浴室在那邊阿公的房間在那邊等一下我們再來拖地就好謝謝妳。

阿莉確認了我的手指比劃的方向，說了句「好」，而後開始進行後續的清潔作業。阿莉正忙碌著的時候，我和李先生在一樓客廳處理後續合約的事情。

「對了，柯小姐，妳之前說過家裡沒有請過外勞吧？啊那阿莉睡的地方妳有安排好齁？跟老先生睡同一間其實也沒有關係，啊可是還是分開比較好。」

「不用擔心。我有整理一個空房間給她。」

「那就好。」李先生點點頭，「啊我們家阿莉很乖，我們都有訓練過，她不會像電視新聞上面那些壞外勞會打老人、偷錢……我跟妳說，請外勞就是最怕遇到這種的，不過齁，柯小姐妳找我們辦事，是絕對可以安心的啦！」

「是，我知道。謝謝。」我在一旁陪笑。

「啊那如果有什麼事情可以再聯絡我！」李先生遞出一張名片，我下意識收下，縱然之前在介紹所的時候我和姐姐都已經各拿了一張。

李先生交代了一些雇用外籍看護後的規定之後，留下阿莉便離開了。臨走之際他對著正在拖地的阿莉說：「妳要好好工作，不要偷懶，多做一些事情幫柯小姐的忙，知不知道？」

「知道了。」阿莉點頭。

「阿莉，接下來的地我來拖。」

我站上階梯，伸手想要接過拖把，阿莉卻把身體轉了個角度，不讓我拿拖把，她客氣地笑著說：「不用了，太太。我自己做。」

我過意不去，卻也明白自己幫不上忙，而且我的內心深處亦不是真的想幫忙，但基於想要表現出「我是個體貼的僱主」的心態，我便一直跟在阿莉的身後，試著讓自己看起來是一副「想要幫忙」的樣子。阿莉的地拖到哪，我就跟到哪，我跟著她換水，看著她洗拖把，徒手擰乾幾分鐘前還沾著穢物的拖把。

我的視線大概給阿莉帶來壓力，她挺直背脊工作了一段時間後，轉頭跟我說：「太太，妳去休息吧！我一個人可以。」

我不想讓阿莉在第一天就覺得我是個很有壓迫感的僱主，所以我對她露出和善的微笑：「那我再去幫妳打掃一下妳的房間。」

說是打掃，但掃具和拖把都在阿莉那邊，而且沾上大便，我也不想繼續使用，準備等拿去丟掉，我所做的事情就是用濕紙巾再擦一次桌面和窗臺，把上頭的細微灰塵都擦掉。阿莉的房間是以前照顧祖父的外傭住過的房間，房門正對面開了一扇窗，窗外可見矮牆外的鐵路平交道，窗子上掛著綠色的窗簾，窗戶下面是一張舊書桌，書桌兩邊分別擺了一張床和一個大衣櫃。外傭離開之後，這間房變成家裡的儲物間，放滿雜七雜八的東西，我和姐姐整理了很久，才把房間恢復成可以住人的狀態。

我還記得上一個住在這裡的人，她的名字叫阿蒂，是父母雇傭來照顧祖父的，但她也做其他的家事，印象中打從我小時候，我們家的三餐都是阿蒂負責的，她不與我們同桌吃飯，餐前的準備與餐後的洗滌卻都是她的工作，託她的福，我和姐姐從小到大沒做過什麼家事，活得像個小公主似的。

小時候如果跟別的小朋友說我們家裡有外傭，我可以得到他們羨慕的眼光。哇！柯沂萱妳們家是有錢人欸！他們這麼說。當下被虛榮與驕矜填滿的心其實有一絲疑惑，我和姐姐從來都不覺得家裡特別有錢，與之相反，爸爸媽媽在家裡常常喊窮。因為沒錢買新房子，沒辦法搬到其他地方去，所以我們才和阿公阿媽住在鐵路旁的老房子裡。媽媽經常這麼對年幼的我和姐姐說。

察覺到我們家當年對待阿蒂的方式是一種剝削，那是我長大以後，花了一段時間才明白的事情。我想姐姐大概跟我有著相同的歉疚感，所以才沒有在第一時間回應母親想要請看護的要求，我們想了很多藉口：一來是我和姐姐都還在念書，沒有辦法幫忙負擔看護的費用；二來是父親的身體還算健壯，失智的情況也還不算太嚴重，單憑已退休的母親之力和我們時不時返家照護應該沒有太大的問題，輔以量表評估的結果，母親最後接受了我們的說法。

「妳們兩個最好是不要嘴上說說喔！放我一個人在家裡東忙西忙。」母親碎念著。

我和姐姐當然只能說好，但往後的學生時代因此回家的次數究竟有沒有實質增加，那又是另外一回事了。我想母親早早猜到這一點，她並沒有對我們姐妹倆的逃逸多說些什麼。她自己也曾是逃跑過的人。

關於母親的逃逸故事，我是事隔許久才懵懂地明白她為何要出逃，又為何要歸返。母親離家出走的決定性時刻，在那個當下我應該是唯一的目擊者，時至今日我依然能記起她離開時的種種細節：母親下班後把我從托兒所帶回家，路上經過小鎮的夜市，她停好機車，帶我進了夜市，我們兩個人分食了一塊牛排，她看上去很累、很不開心，但她還是對著我笑。

吃完牛排後，她買了一個花朵形狀的棉花糖塞到我手裡，平時她是不買甜食給我和姐姐的。她還帶我去坐摩天輪，那個摩天輪是給幼稚園兒童坐的迷你版，四十元一次，沒有限制乘坐時間，高度大約一層樓高，隨著童謠歡樂的歌聲垂直轉著圈。

第一圈到置高點的時候，我還能看到母親在底下對我揮手；第二圈時我往下俯視，看到摩天輪阿伯在打盹；第三圈時，摩天輪下面已經沒有母親的身影了。我在摩天輪上轉著第四圈、第五圈……我看見夜市裡的攤位漸多，橘黃的燈光一點一點地亮起，人潮湧進夜市裡，但我沒有看見母親。越來越多帶著孩子的大人圍在摩天輪旁邊，他們看著其他孩子上上下下，最終將目光集中到我乘坐的車廂上，他們指著我說：「那個小孩會不會坐太久了啊？她是從什麼時候就在那上面的？」

不知道是轉了第幾圈之後，摩天輪阿伯才驚覺不對勁，四處尋找母親的身影卻無所獲。我坐在摩天輪上，感受到一個人在高處的孤獨，忍不住放聲大哭，手裡的棉花糖早就塌了，黏糊地沾在手上，我用手背擦眼淚，沒擦掉的淚水滑到嘴邊，我舔了舔，眼淚是甜的。

後來是現場剛好有鄰居認出我，聯絡在家的父親來把我帶回去。機車被母親騎走了，父親只得騎著腳踏車，艱困地把我載回家。母親失蹤的一個月裡，沒有人知道她去了哪裡，她既沒有回娘家，也沒有去朋友家。為了尋找母親，父親甚至去向派出所和火車站詢問能否調閱監視器，查看的成果一無所獲。她不在家的那段時間裡，我和姐姐時常守在阿蒂的房間裡，只要平交道的警示音一響，我們就會衝到窗戶旁往外看，看外頭經過的火車車廂裡是否有母親的臉。火車飛快，多數時候我們都看不清楚那些模糊的臉容，卻都堅稱在剛剛行過的火車中看到了母親。

「剛剛我有看到媽媽！」

「我也有看到！」

「妳騙人！妳才沒有看到！妳都亂說。」她抬起下巴睨了我一眼，「妳連媽媽為什麼要走掉都不知道。」

「我知道！」

「那妳說啊！」

「因為我們不乖，所以媽媽才走掉的。」

「才不是！妳又亂說！我們很乖欸！」

「那不然是什麼？妳又知道了？」

「我當然知道啊！」她神祕兮兮地靠近我的耳朵，用悄悄話的音量說，「因為爸爸想要阿蒂做新媽媽，所以媽媽生氣才走掉的。」

噹噹噹。轟隆轟隆。又是一輛火車經過。映在車窗上的臉每一張都是母親的臉，年輕的、中年的、年老的、安詳的……它們隨著火車的速度疊合在一起，模模糊糊地，那些殘影有一瞬間看起來像阿蒂。

「太太，地板都拖好了。阿公在睡覺。」阿莉怯生生地站在房門外，褲子上還有兩個濕漉漉的手印，「還有什麼事嗎？」

「沒有了，妳先休息吧！」我微微一笑，「這裡以後就是妳的房間了，我住在二樓，有事情都可以來找我。三樓住的是別人，不是我們家的人。」

「知道了。」她點了點頭。

「對妳比較不好意思，我們家距離鐵道太近了，常常會有火車經過，很吵，但習慣應該就沒事了。我們在這裡住很久，不覺得火車很吵。」

「嗯，沒關係。火車印尼有，我家旁邊也有火車會走。」阿莉想了想補充說，「媽媽以前懷孕，也在火車旁邊。」

「喔，這樣子啊！看來我們的胎教音樂都一樣。對了，妳在臺灣有認識的朋友嗎？」

「有。以前媽媽也在臺灣工作，在這邊有媽媽的朋友。」

「那這樣妳放假的時候可以去找他們玩沒有關係。我們不會介意，而且這樣妳才比較不會無聊。」

阿莉目光猶疑，似是不相信我這個僱主的話，我不知道這是否是她以往的經歷使然。

她尷尬而有禮地笑了笑，說了聲「謝謝太太」。她的反應讓我想起阿蒂，當母親把自己穿不下的二手衣服送給阿蒂時，她也是這副表情。

「那妳把自己的行李收一收，過幾天我再帶妳去附近走走，認識一下環境。」

「太太，那晚餐呢？」

「晚餐妳準備阿公和妳自己的份就可以了，不用煮我的。」

阿莉點頭表示明白，我離開阿莉的房間，轉進父親的臥室，他的臥室是整棟房子最陰暗的一間，滿房間散著老人的味道，我很難形容那樣的氣味，沉滯腐朽的霉味，我不太清楚這是這間房間本身的味道，還是生命開始老朽、敗壞的味道，祖父還在世的時候，睡的同樣是這間房。

父親在升降床上沉睡，自從他患病以來，我總希望他沉睡的時間越長越好，只有當他睡著時，我才稍感心安，不必擔心他又自己跑出去，認不得回家的路；不必擔心他又開了哪個家電忘記關，進而引發火災；更不必擔心他在一樓以外的地方無法控制地排泄。許多時候，我對自己的心態感到愧疚，卻始終無法拋棄這類的想法——我太想要喘口氣了。當年母親大概也是懷抱著類似的心情吧？

我掀起被子一角查看父親的腳，想看看有沒有穢物殘留，明知道阿莉已經將父親打理乾淨了，我的心理作用仍覺得父親身上還殘留似有若無的糞便臭味。父親的腳滿是皺褶，像老樹枝枒那般分叉，腳趾甲被剪得像狗啃似的（這是他在理容院亂動的證明），趾甲稜線歪斜，像起伏的山稜線，我仔細檢查了趾甲縫和腳趾頭之間，上面都沒有糞便的痕跡。檢查完畢，我輕手輕腳地幫父親把被子蓋好。

我撥了通電話給研究生，告訴她樓梯間已清掃乾淨，她可以回來了。我站在樓梯口，往上看去每個階梯都被拖得發亮，扶手都被擦亮，淡淡的消毒水味飄在空氣中，然而方才的景象仍在眼睛裡留有殘像，我小心翼翼地跨步，沿著記憶中尚算乾淨的地方走回二樓的房間。

回到二樓不久，有人敲了我家的門，我開門，門外站著研究生，她朝我遞出一只咖啡店紙袋：「這是給妳的蛋糕，算是妳請我喝咖啡的謝禮。」

「妳怎麼這麼客氣？明明是我先造成妳的麻煩。」

「房東小姐妳不要這麼說，妳很辛苦，我很佩服妳們姐妹倆。」

我不自在地笑了笑：「沒有啦……習慣就好了。」

「啊！對了！我還想要問妳，現在申請海外志工的時間過了嗎？」

「還沒有，學校網站上都有時程。妳可以明天上班時間來找我辦手續，妳要去哪裡啊？」

「印尼，我的指導教授在那邊有醫療計畫合作，負責當地老人的腦部治療，我想說趁結婚之前可以去看看。趁自己還有能力的時候去幫助別人。」

「妳是學這個的啊？」

「對，腦神經與老化分子生物學。所以伯伯的情況……我大概明白。」

研究生的眼神憐憫，我直視她的眼睛，彷彿能從她的眼裡進入到她的腦袋中，看見她的大腦記憶區正在回憶醫學書上關於阿茲海默症的敘述：大腦皮質萎縮、腦室變大……不可回逆、無法治療的病徵。

我們在門邊閒聊了幾句，她要回三樓時剛好遇上來關心外傭狀況的姐姐，她們點頭以示招呼，接著錯身而過，姐姐先進了屋子，我正要關門時，恰好看見研究生如我剛才那樣沿著階梯邊緣走，把身體靠在尚且乾淨的牆上，走到三樓時仔細檢查了一下門把後才推門走進去。

真是對不起啊。我在心裡暗暗道歉，而後關上了門。

「姐，妳怎麼來了？」

「外傭不是今天來嗎？我出了一半的錢，總要來看看她做得好不好吧？」

「妳剛剛是直接走上來的嗎？」

「對啊！不然呢？」

我沉默，決定不要告訴她剛才發生的事情：「沒事。」

「那個外傭怎麼樣？」

「我覺得還滿不錯的，做事很認真，力氣也大。」

「我也這麼覺得，剛剛看她在下面給爸做晚餐的樣子很熟練。啊！對了，妳有沒有上次那個仲介的電話？我把名片搞丟了。」

「有啊！可是妳要名片幹麼？」我把剛剛收到的第二張名片給她，「妳們家也要雇外傭喔？」

「還在考慮，我婆婆是希望我把工作辭掉專心帶孩子，但是我不想放棄工作，就想說乾脆等育嬰假請完之後再雇個外傭，不過……。」

「妳是不是怕姐夫跟外傭亂來？我記得小時候爸媽為了這件事吵了好幾次架。」

阿蒂還在的時候，母親總擔心父親會和阿蒂有一腿，父親則是信誓旦旦地說他的眼光沒有那麼差，不會隨便亂搞一個「阿勞仔」，父親和阿蒂之間任何微小的互動，在母親眼裡都會放大成偷情的證據，讓她鬧上好幾天。說也奇怪，母親這等對外籍勞工的戒備在父親年老後減少許多，或許是確信父親無力作怪，她才興起請外傭來減輕自己負擔的想法，好讓她可以享受退休生活，雖然最後並沒有成功。

母親失蹤的那一個月，我問過父親知不知道媽媽為什麼要離家出走。我記得當時父親的反應，他略帶惱怒地說：「妳媽媽以為我跟阿蒂做……。」

「做什麼？」年幼的我追問。

「做夫妻啦！她以為我跟阿蒂會這樣。」他把左右手的拇指伸出來，互相碰觸再分開，如此反覆好幾次，試著讓我明白他想表達什麼。

「親親嗎？那你們有嗎？」

「當然沒有啊！我怎麼可能會這麼做？」

「絕對不會嗎？」

「絕對！」

他答得斬釘截鐵，當年的我就那麼相信他了。

「畢竟家裡有其他女人還是會覺得怪怪的。」姐姐嘆了口氣，「我以前一直覺得媽很神經質，現在倒是能體會她的心情了。」

「養兒方知父母恩？」

「就我們的情況，應該是『請外傭方知女人難』吧？」姐姐翻了個白眼，「不說這個了，妳的失眠好點了沒？」

「還行。下禮拜預約了身心科。」

「嚴重到要去看身心科喔？妳會不會想太多了啊？」姐姐面露訝異，「妳從小就睡不好，我還以為是體質問題，不然就是火車害的。」

「我有跟醫生說過媽媽離家的事情，醫生說那件事情可能造成了我的心理創傷，但我覺得可能不只那樣。」

「不然還有什麼？醫生都那麼說了。」

「不知道欸！」我聳了聳肩，「今天我看到阿莉的時候，我還以為阿蒂又回來了。」

「那些外勞都長得很像，根本分不出來誰是誰。」姐姐睨了我一眼，打趣地說，「妳如果多曬點太陽，看起來也會跟她們長得差不多。」

我不覺得她的玩笑有多好笑，我瞪了她一眼，決定忽視她剛才的話：「姐，問妳喔，妳還記得阿蒂為什麼要回印尼嗎？」

「不就工作期限到了嗎？」

「不是啊！媽以前不是說阿蒂是在她懷妳的時候來的，阿蒂走的時候妳連小學都還沒畢業。」

「隨便啦！我怎麼會知道阿蒂回去的理由是什麼，搞不好她家裡有事啊！」

「可是……。」

「好了啦！事情都過去這麼久了，再提是要幹麼？」姐姐眼神凌厲，「柯沂萱，妳最好是不要再說了。」

雖然她沒有明說，但我知道我們都想起同一件事。母親離家的那段時間，我日日難以安眠，若我睜眼時都能讓母親從眼皮子底下離開，那我又該如何確保我闔眼時，身邊的人不會離我而去呢？每天晚上我都要牽著姐姐的手才肯入睡。無論怎麼樣都睡不著的時候，姐姐就會打開床頭小燈，躺在床上翻故事書念給我聽。

彼時父母和我們的房間都在二樓，阿蒂與祖父住在一樓，屋子的隔音設備不甚良好，阻隔不了火車的聲音，同樣也阻隔不了一樓傳上來的聲音。是那一次，就那一次，在噹噹噹和轟隆轟隆的聲音之中，有摔東西的碰撞聲與女人的哭嚎聲。列車輾著阿蒂的聲音呼嘯而行，拋下我們往遠方駛去，我和姐姐僵在床上良久。

「火車過去了。」我說。

「沒有。」姐姐說，她睜著清亮的眼看我，然後低下了頭繼續翻閱那本《仙杜瑞拉》的童話書，「火車還沒有過去。」

夜晚很靜，靜得我們聽不見來自一樓，斷斷續續的、屬於阿蒂的求救聲。不久之後，阿蒂就走了，仲介說阿蒂跟外面認識的男朋友有了小孩，不能工作，要回到印尼去。我們從來都沒有試著求證那一晚在一樓到底發生了什麼事，不要走下樓梯、不要記得、不要知道，日子就能好過些，如同我只要忘記父親曾在樓梯上大便，我就能和姐姐一樣心無芥蒂地大步走上樓梯。

「妳說家裡最近來了一位外籍看護。」身心科醫生這麼問我，「家裡住進一個陌生人對妳的生活造成壓力了嗎？」

「有一點……我不知道，我覺得很矛盾。」我低頭看自己糾纏的手指頭，猶豫了一會兒到底要不要說出阿蒂的事情，但我最終仍選擇保持沉默。

「哪裡矛盾？可以說說看嗎？」

「她來了之後，我的確有多一些時間可以做我自己的事情，但是另外一方面又懷疑自己這樣做真的對嗎？生活壓力減輕了，可是心理壓力一樣在。」

「別對自己太苛求了，沒有人能做到事事完美啊！」身心科醫生給予我一個安慰的微笑，「我覺得會有這樣的想法，某種程度上證明了妳很善良、很體貼喔！」

善良？我嗎？

「我只覺得我自私到極點。」我脫口而出。

身心科醫生頓了頓，似乎在找合適的說詞安撫我：「妳只是做了一個選擇而已，沒必要這麼苛責自己。一時之間可能很難調適，但沒關係，人總是需要一些時間來習慣。上次的藥吃了不會不舒服吧？我這次幫妳開一樣的藥好嗎？」

習慣什麼嗎？習慣視若無睹讓自己好過些嗎？還是習慣能夠心安理得的自己？我想開口質問，眼睛卻捕捉到她偷空看時間的細微眼神，再想想診間外頭候診的病患，我的話語在嘴巴裡繞了好幾圈，最後吐出來的只單單是一個「好」字。

「那時間差不多了，我開藥給妳，等等去外面拿藥就可以了喔！」她和藹地笑著，「兩週後要記得再回來複診喔！」

我拿了藥回家，在櫃檯前又看到了那張海報，海報斗大的標語刺痛了我，「失智老人需要你我一起守護！」，那我呢？我的此刻和未來該由誰看顧？

走在回家的路途上，一個令我心生怖懼的念頭毫無來由地冒了出來，我不知道這個念頭從何而來，我希望那只是我過於活躍的腦神經在杞人憂天，我希望它只是源於我心愧疚的空想：阿莉會不會是阿蒂的女兒呢？在那個我們不願探究的夜晚中，我們的父執輩會不會……？我打從心裡發寒，若是父親真的在那夜做了無可挽回的事情，我應當如何詢問失智的父親？我該叩問他往昔的錯事嗎？母親知道嗎？

噹噹噹。平交道的柵欄放了下來，阻擋我的去路。我在柵欄另一端望見阿莉的背影，她攙著我的老父親在家門前的小巷緩緩散著步。

轟隆轟隆。火車駛過，帶起一陣強風，揚起我的頭髮和衣角，待它們平息，重新垂落於臉旁身側，柵欄慢慢升起，不知道是不是錯覺，我彷彿聽見女人的聲音從彼端傳來：「來，阿爸，咱轉去厝內。」

悚然心驚，明知或許是錯覺。我大步越過平交道，來到父親身邊緊挨著他：「爸。」父親朝我望來，目光疑惑：「啊妳是啥人？」

「爸，我是你的查某囝啊！你閣袂記得啊是毋？」

我有些難堪，阿莉沉默而體貼地站在一旁，不知道是真沒聽懂，還是假裝沒聽懂。他的目光逡巡於我和阿莉的臉上，臉色神情茫茫然，他張開缺牙的嘴，聲音從那山洞似的喉嚨遙遙傳出，聽起來像遠去的夜行列車那般不真切。

「失禮，我袂記得啊！」

疼痛轉生

「阿索！你是到醫院了沒？」我爸的大嗓門透過手機直轟我的耳朵，「你嘛較緊咧！等下你姑姑他們先到怎麼辦？我們住得比較近，你如果晚到不就很尷尬？」

「不要催啦……我現在到病房前面了啦！先掛電話了喔。」

我推開病房的門，阿媽那聲如洪鐘的一句話傳來：「我想欲要BDSM啦！」

當我聽見阿媽在醫院裡這般向她的後輩宣告時，我的第一個反應是：一定是我開門的姿勢不對，所以才會進入了一個魔幻異空間。於是我打算重新開門，正當我想要走出病房之際，我爸一手拉住我的後領，阻止我離開，他對著阿媽皺了皺眉，顯然沒聽懂她剛剛說了什麼。

「蛤？B啥貨？」

我一個旋轉、跳躍，挺胯擺手，按住不存在的帽子，跳起麥可・傑克森的〈Beat it〉，下一秒狠狠被我爸巴在頭上。

「莫吵！遮是病院欸！」

「喔，你閣會曉跳〈Beat it〉喔？」阿媽笑著。

「哇！阿媽妳知影這條歌喔？妳攏這个歲數矣！」

「我哪會毋知？我共你講，我細漢的時陣乎……。」

病房門被人敲響，醫生走了進來，身後跟著姑姑一家人，姑姑一看到阿媽就擠開醫生，頗具戲劇性地跪倒在阿媽的病床前，緊緊握著阿媽的手，兩眼垂淚，擺出自責的模樣。

「媽，妳敢有較好？我聽阿忠講妳佇便所跋倒，頭去硞著屎桶，阮攏足煩勞欸！」

「對啊！媽，我們一聽到消息就馬上從臺北趕回來看妳。」姑丈在一旁搭腔，把帶來的補品林林總總往床邊的櫃子一放，「我們平時住得比較遠，沒有辦法常常來看妳，啊我們今天有買很多妳愛吃的東西喔……」

「乎，平時攏無看影，這馬出代誌才來，恁嘛真有孝！」我爸翻了個白眼，把姑姑和姑丈撞開，換上笑臉溫柔地跟阿媽說，「好佳哉我有發現，阿母，妳講著無？我比個閣較有孝，著無？」

「曾鴻忠！你莫傷超過喔！」姑姑指著我爸的鼻頭罵。

「我敢有講毋著？」我爸揮開她的手，挺起胸膛反駁。

醫生從兩人的間隙中困難地找到生存的空間。

「兩位，這裡是醫院，請冷靜一點。我們先來看看老太太的狀況好嗎？阿媽，妳敢有佗位無爽快？」

「無喔！」阿媽笑開了嘴，「醫生你真少年欸！閣生著誠好看！」

「多謝。妳敢會記得妳叫啥物名？今年幾歲？」

「我今年應該欲四十外歲矣！毋閣我死的時陣干焦二十外歲，所以按呢算起來我應該猶是少年人。」阿媽比出兩根手指晃了晃，補充說，「啊！我叫曾清發。」

在場眾人駭然，我看了看我爸，再看了看姑姑，他們臉上的表情先是一僵，接著換成茫然中帶著驚駭的神情，而一旁向來最怕鬼的姑丈臉上已無血色。阿媽嗜打麻將，在丈夫沒有表達任何意見的情況下，她將她的三個兒女分別以麻將牌諧音命名：鴻忠、白琵、清發。而曾清發正是家中的么子，和哥哥姐姐的年紀差距甚大，我爸說阿叔很年輕的時候就過世了，去世的時候大學都還沒畢業。我對我的阿叔沒有半點印象，我甚至不知道我出生時他是不是還活著，家裡因為禁忌的關係很少談起阿叔。

醫生轉過頭來看我們，沉痛地表示：「因為頭部遭受到撞擊的緣故，老太太目前看起來有意識改變的狀況，目前初步看起來像大腦皮質有受損，不過，我們要做進一步的檢查才能確定。」

於是阿媽的病床就被醫護人員推走了，我爸跟姑姑簽署了一大堆文件，花費了大把時間等待，最後的結果是什麼都沒有檢查出來。醫生這麼解釋：老太太可能有「解離性身分」，也就是一般人常說的雙重人格。這只是可能而已。現在先把老太太帶回家休息、照顧，有需要的話再到醫院來，阿媽年紀大了，不要讓她在醫院受折磨。

「如果有需要，我們這邊會試著設計一套心理治療的方案，想辦法留下主人格，讓次人格消失。這段期間不要去刺激老人家，不要讓她精神更加不穩定。」

我爸和姑姑一家一邊點頭，一邊「好、好、好」地應下了。我猜我爸和姑姑一定都沒有想到阿媽會來這麼一齣，我們其實都想著阿媽這一摔大概是命在旦夕，眼睛一閉就走了，阿媽走得痛快倒是沒什麼，尷尬的是阿媽一直沒有立遺囑，身後財產不知道該怎麼分配。我爸害怕阿媽疼女兒，怕姑姑沒有娘家勢力可以依靠會把財產都給她，我爸心裡一直很緊張，三不五時就在探阿媽的口風。姑姑則擔心自己嫁得遠，全部的遺產會被我爸拿走，逢年過節的時候就包大包紅包、送名貴好禮給阿媽，試圖拉高自己在阿媽心裡的印象分數。

我想這些事情阿媽都看在眼裡，而她始終都沒有鬆口任何關於遺產的話題。

送走醫生之後，我爸憂慮重重地表示：「阿發現在回來附身在媽身上，會不會是要來分財產的啊？」

「你嘛較拜託一下，人間的法律是能用在鬼身上的嗎？」姑姑眉頭一皺，雙手往腰上一插，「閣再講，伊是毋是正港的阿發閣毋知影咧！無的確是啥物孤魂野鬼附佇咧咱母仔身軀內底，咱嘛毋知影！」

「這個樣子真的是有點可怕欸……我們要不要乾脆請道士來驅魔啊？」姑丈壓低聲音建議，但仍被當事人聽見。

「驅什麼魔啦？」一旁的阿媽——這麼說好像也不對——一旁裝著疑似是阿叔靈魂的阿媽插嘴，「大哥大姐，我跟你們說，事情不用這麼麻煩，你們只要達成我的心願我就會離開了啦！遺產的事情我也不會要求分一杯羹，趁我還能用媽的身體的時候，你們兩個達成協議，遺囑該怎麼寫我就怎麼寫，這樣不是很好嗎？」

那一瞬間，我看見我爸和姑姑的眼睛都亮了起來。我在旁邊看著，一邊喝水一邊在心裡暗嘆：嘖嘖。現在的大人齁……。

「阿琵，我看伊真正是阿發。」我爸拉著姑姑耳語，「妳看，他說話的『氣口』跟阿發很像欸！」

「我看還是再觀察一下啦！」姑姑拍拍我爸的手臂，「你拄才講你的心願完成著會離開，啊你的願望是啥物？」

「齁！我拄才毋是講過啊！我想欲要 BDSM 啦！」

「噗——」我把水噴了出來。不得不說，從七十幾歲的人口中聽到「BDSM」這類的字眼真的是滿勁爆的。

「哎唷！垃圾鬼！」我爸嫌棄地拍掉我不小心噴到他外套上的水珠，「你是不是知道你阿媽、啊不是、阿叔……啊隨便啦，你是不是知道他在說什麼？」

「呃，應該，算是，知道吧？」我答得小心翼翼。

「那好！事情就這麼決定了！」我爸拍板定案，「阿索，你等一下就跟阿媽回去住阿媽家，這個暑假你負責照顧她！」

「嗄？為什麼是我？」

「為什麼不是你？你一個大學生暑假『閒閒無代誌』，哪像我們還要上班？」我爸一臉理所當然的表情，「閣再講，你是查埔囝，陽氣跟八字都很重，不怕被你阿叔附身啊！」

「對呀！阿索。」姑丈在一旁幫腔，「我們一家住得遠，家裡還有小孩子，真的比較不方便……你放心，今年的紅包姑丈給你包兩倍！」

「我一個堂堂男子漢怎麼可以用錢收買……。」

「那我就不包紅包囉？」

「沒有啦！如果要給的話我也是會很開心的。」我換上笑臉，姿態乖巧，「謝謝姑丈。」

事情就這麼定下了，在走出醫院之前，我爸把我拉到一旁，壓低聲音，萬般吩咐要我好好照顧阿媽跟阿叔。

「你要表現得好一點餒，我們家能分到多少遺產就看你了喔！不要惹阿叔生氣，知不知道？」

「我知道啦……。」

我們坐姑丈的車回到阿媽家，阿媽家位於鄉下，是那種每逢過節才會稍微熱鬧一點的地方，距離阿媽家最近的麥當勞要騎車十分鐘才會到。從車窗看出去，窗外是一大片的農田和錯落其中的三合院、鐵皮屋，或那種賺了大錢的人回鄉下蓋的三層樓透天厝。

我一直以為我爸會幫阿媽把三合院翻新成嶄新的透天厝，但他並沒有那麼做。

我小的時候是給阿媽帶大的，那時我爸忙於工作，無暇照顧我，直到我要升國小時，他才把我帶回市區住。我對阿媽家印象最深刻的是她的麻將館，雖然說是麻將館，但我阿媽其實也就只是在三合院前的大埕上面擺了好幾張桌子，每張桌子配一副麻將、牌尺和作為籌碼的沙士糖。來光顧的客人都是附近的鄰居，不過面臨警察臨檢的時候，他們會全部成為我的親戚。

那是一個魔幻的、虛構的族譜，阿媽把所有常客列在一張紙上，以我為中心標明每一個我應該喊的親屬稱謂，大伯公、二叔公、三姨婆……我也不知道當時我是怎麼背下來的，但我確實多次把那些被分發來此地的年輕警察唬得一愣一愣的，那些警察大多是外地人，而我們的村落是一個大型的同姓聚落，每戶人家在好幾百年前都有著錯綜複雜的關係，廣義的親戚，再加上客人們明面上賭的都是糖果（雖然事後都換成現金），警察想要查水表也不是那麼容易的事情。

聽我爸說，阿媽這樣的營生方式已經維持很久了，從他還是個小男孩的時候就開始了，以防萬一，他小時候也要背密密麻麻的族譜，縱然他明白那之中沒有一個是他們家真正的親戚。

阿媽是在阿公離開家之後，從外地帶著三個子女搬進現在這個村子裡來的，曾有警察問阿媽說：「恁翁佇佗位？」阿媽插著腰怒目而視，答：「綴人走矣！恁祖媽一个人飼三个囡仔。你掠準講這真簡單是毋？」

阿公跟阿叔都不存在於我的家族記憶裡，阿叔早逝，而阿公則在我爸小的時候就離開家了，我爸對他的父親也沒有什麼印象，他只從他的母親那邊得到過一點隻字片語，然後像是傳遞口述神話那樣把阿公阿媽的故事說給我聽。

在那個還有體罰的年代裡，阿公是一名剛到國中教書的師範畢業生，而阿媽是他任教的第一屆學生，兩人的歲數沒差多少歲。阿媽的功課很好，但是家裡不讓她繼續往上念，阿公覺得很可惜，就跑到阿媽的家裡想要說服阿祖讓阿媽繼續念書，結果這一拜訪，阿公得了阿祖的青睞，家庭拜訪的老師變上門女婿，學生成了妻子。阿公跟阿媽結了婚，生下三個小孩，然而阿叔出生沒多久之後，阿公就跟別人跑走了，聽說新對象還是自己班裡的學生，留下阿媽一個人養家糊口，拉拔三個小孩長大。

順帶一提，我聽完這個故事的感想是：阿公真糟糕，總是抵抗不了來自年輕學生的誘惑。

除了麻將館以外，阿媽還有另外一個維生的絕活——做辣椒醬。阿媽家的院子後面有一大片辣椒園，等辣椒成熟媽紅成巫婆手指時，阿媽會把它們摘下，洗淨後剁切成碎末，配上生薑蒜末，配上熱油在大鍋裡炒，炒出香味之後再把一大鍋辣椒醬分裝，裝在完全乾燥的玻璃瓶中，賣給左鄰右舍或小鎮上的雜貨店。

阿媽在做辣椒醬的時候是不戴手套的，我都很懷疑阿媽是不是沒有痛覺，切辣椒的時候都不會被辣椒籽辣到手。我小時候曾因為在廚房吵鬧，而被正在做辣椒醬的阿媽以「辣椒掌」打在手臂上，我的手臂在那個瞬間像著火似的，又刺又痛，沖水也沖不掉那種痛感。我大哭起來，吵得鄰居阿婆前來關切，知道我是被辣椒辣到之後，鄰居阿婆拿了米酒往我的手臂上抹，這才消除了疼痛。

「知道痛了齁！你再皮啊！」拯救我的鄰居阿婆仍然跟阿媽站在同一陣線上，捏了我一把並語帶威脅，「小心你阿媽再用『辣椒手』打你。」

阿媽在一旁徒手剁辣椒，得意而滿足地笑了。從那之後，我再也不敢在阿媽做辣椒醬的時候造次，深怕她再用沾滿辣椒素的手打我。我曾問過阿媽：「妳這樣做辣椒醬，手攏袂疼喔？」

「袂啊！」阿媽答得輕鬆，「慣勢就好。」

日後，隨著客人們的年紀漸長，漸漸無法來阿媽的麻將館走動，客人銳減，只有麻將館和辣椒醬的生意並不足以支持家中的生計，所以在孩子們各自長大離家之後，阿媽把三合院右側的一排房間租了出去，租給一個中年的水電工，他有時也會來打麻將，水電工在虛構族譜上面是我的「阿叔」。

我對於水電工阿叔的印象很模糊，只記得他是一個身材壯碩、笑的時候會露出一口白牙的男人，他的牌品在男性之間算是好的，贏錢的時候會分紅給我，就算我在牌桌上偷吃他的沙士糖他也不會罵我，總之是個個性很好的人。

我猜正是因為這樣，所以阿媽才會把房子租給他這麼久，一直到現在，他跟他的越南老婆及小孩仍然住在那裡，始終沒有搬出去。

●

住在阿媽身體裡的阿叔意外地對闊別數十年的老家沒有什麼興趣，但他對我從家裡帶來的筆電很感興趣，東摸摸西摸摸，還拿起來搖了搖。

「這是什麼啊？好輕喔！」

「這是筆電。」我把它從阿叔手中救下來，「你不要亂動啦！它會壞掉。」

「筆電是什麼啊？」

「就是筆記型電腦……阿媽妳敢知影啥物是電腦？」

「誰是你阿媽？叫阿叔！」他瞪了我一眼，「我知道電腦是什麼啊！不過我以前用的電腦都是桌上型的，很大一臺，沒有看過這麼薄的。」

「這叫做科技的進步啦！」

「欸，你這個可以上網嗎？」

「可以啊！你要上網幹麼？」

「我想要看 GV。」

「嗄？啥貨？」

我震驚。我知道我應該要對長輩有禮一點，但知道阿媽的身體裡面是一個跟我差不多歲數的靈魂，無論如何我都沒辦法把阿叔視為長輩看待。

阿叔莫名其妙地看我：「你爸沒跟你說過我是男同志嗎？」

「啊⋯⋯好像有。我一時忘記了。」我默默退開幾步，拉開與阿叔的距離。

「幹麼那麼防備啊？」阿叔嗤之以鼻，「就算是男同志，我也是會挑的好嗎？你這種我看不上啦！」

「我也沒有想要被你看上好嘛！」我摸了摸鼻頭，「那⋯⋯你想要玩 BDSM 也是因為這樣嗎？」

「對啦！想說在離開人世之前再回味一下。」

「再？」

「你不知道喔？我生前可是玩得很凶的！皮鞭、蠟燭⋯⋯別人還會把我綁起來。」

「好了，可以了，我沒有想要知道詳情謝謝。」

「嘖。」

「可是阿叔⋯⋯你知道你現在這個身體⋯⋯玩激烈的會很勉強嗎？」

「廢話！我煞毋知？」阿叔翻了個白眼，「你以為附身很容易嗎？若毋是咱阿母彼當時干焦賭一口氣，我還附不進來咧！去附別人的身還有可能會被趕出來。」

「那要怎麼辦？」

「我怎麼知道怎麼辦？那是你要想辦法的事啊！」阿叔理所當然地看著我，「幫忙死去的人達成心願，是活著的人要做的事情吧？」

我沒有辦法反駁，只好思考我貧乏的人際網絡中能有什麼人可以幫忙？有一個模模糊糊的人影在我腦海中浮現，我想到我的同鄉朋友兼我們村子裡的傳說——娜氏仙姑。

娜氏仙姑本名曾仕崑，十六歲神明附體成為乩身，專為鄉里百姓排憂解難，然而他從臺北的大學不知道都學了些什麼，畢業回鄉後一副半男半女的模樣。老一輩的人說他被都市裡的人帶壞了，連神明都看不過去，不再降駕於他身上。

娜氏仙姑回鄉後考上了研究所，剛好跟我讀的大學是同一間，他在大學裡面成立禁羈社，當了創社社長，實踐、研究各種 BDSM 技巧，他給自己取了一個女王感十足的名字叫「崑娜（Queena）」，不做乩童的娜氏仙姑，後來跑去當調教師，從打自己的身體變成打別人的身體。他的人生在我認識的人當中，算是數一數二ㄎㄧㄤ的，完全不知道他再過個幾年又會是什麼模樣。

回到阿媽家的隔天，我就約了崑娜在麥當勞見面，出門前我先教了阿叔怎麼用 Pornhub 搜尋 GV，再幫他插上耳機播音，確認一切順利之後才出門。出房間前，我看了一眼在床上看色情影片的老邁身影，用手機拍了一張相片，那畫面真的是滿滿的違和感，我努力想像對方是一個跟我同齡的 Gay，這才稍稍釋懷。

我到麥當勞的時間比崑娜早，過了約定的時間，他才姍姍來遲，他一身中性打扮，皮外套配襯衫牛仔褲，腳踩高筒黑皮靴，長髮高高束起成馬尾垂在腦後，一副黑墨鏡遮了大半張臉，只露出高挺的鼻梁和塗著黑色口紅的嘴唇。

「仙姑！這裡！」我朝他揮了揮手，會在鄉下地區這麼高調打扮的人大概只有他。

他快步朝我走來，往我的額頭呼了一巴掌：「什麼仙姑？今天是乩童，今天我是男的。」

「喔，呃，好。」崑娜的性別有的時候是男的，有的時候是女的，隨他當下的心情而論，反正我分不出來。

「你阿媽的事情我已經從電話裡知道了。」他從我面前的餐盤中偷了一根薯條，「坦白說，我覺得聽起來很像你在唬爛。」

「我才沒有在唬爛咧！我有證據。」

我打開手機相簿，點開我出門前拍的照片遞給他看，放大畫面好讓他看清楚照片中的筆電在放映什麼。

「我阿媽，呃不是，現在住在我阿媽身體裡的，真的是我過世的阿叔，他生前是Gay。」

「這不能證明什麼吧？說不定你阿媽只是在老年的時候決定開始探索她自己的情慾啊！」

「那也不會是看 GV 啊！我阿媽是異性戀，她跟我阿公生了三個小孩。」

「你的腦袋真的很單純。」崑娜鄙視我的無知，「異性戀女生也有可能會看 GV 啊！一個螢幕裡面至少有兩個男的欸。」

「『至少』是幾個意思？」

「你想深入了解一下嗎？」他這次偷喝我的可樂，舌頭挑逗地舔著吸管。

「呃，沒有，謝謝。」我選擇捨棄求知慾，「反正這不是重點。」

崑娜聳了聳肩，隨意滑著我的手機，他大概是看到了我的搜尋紀錄，抬頭對我猥瑣地笑著：「唉唷！同學，看不出來欸，你居然喜歡這種的嗎？」

他對我搖晃著的手機畫面顯示日本某個以熟齡女子為賣點的色情網站。穿著日式和服站在拉門前，含笑面對鏡頭的是一名白髮蒼蒼、皮肉略顯鬆弛的老嫗。

「不是啊！」我一臉無奈，「你自己把『老人』、『熟女』、『BDSM』幾個關鍵字放在一起查，你看你會查到什麼？」

「嗯，真的是沒有很想嘗試呢！」他訕訕地把手機還給我。

「我本來是想說 Google 看看有沒有針對七十歲老人進行調教的 SM 服務，但好像沒有。」

「先不管倫理道德的問題。老人家感覺打個幾下、輕輕綁一下就會骨折了好嗎？誰敢做啊！肯定被告。」崑娜咬著可樂的吸管，在吸管上留下自己的口紅印，「你就算找我幫忙，我也不敢接。不管你阿媽的身體裡裝的靈魂有多年輕，她的身體條件就是太老、太危險了。」

「我也知道這難度很高啊……但是你不能想想辦法嗎？看你認識的人有沒有願意的。」我晃著手機，「日本人都可以找阿媽拍片了，臺灣人不可以輸啊！」

「幹，你是咧講啥潲？真當我是神明逆？」崑娜用指節敲了敲桌子，「來啦！我跟你說齁，要解決你阿媽的事情，方法二選一：一個願意陪七十歲阿媽玩 BDSM 的人，或法力高強能驅鬼的法師，你覺得找到哪一個的機率比較高？」

「好像差不多……欸，不對，應該找法師比較容易。有聽過驅鬼的法師，沒聽過跟老人玩 SM 的調教師。」我嘆了口氣，「不過我們家好像不太想要強勢驅鬼，畢竟他也算是我們的親戚，而且他還說要幫忙我們處理分遺產的事情。」

崑娜挑了挑眉：「話說回來，你們怎麼這麼肯定你阿媽的身體裡面真的是你阿叔啊？不是來路不明的孤魂野鬼？」

「欸？我不知道欸……」我愣了一會兒，「不過我姑姑跟我爸都這樣說，還對了一下他的生日、學歷跟一些有的沒的資料，所以應該沒錯吧？」

「喔，好啦！你們家覺得沒問題就好。我只是提醒一下而已。」

「那你什麼時候能跟我說結果啊？明天可以嗎？」

「拜託，你覺得你要找的人很好找嗎？隨便路上抓一個都能抓到喔？」他咋了下舌，「我盡量問啦！過幾天再跟你說。」

我離開麥當勞，騎著我爸留下來的機車回阿媽家，路途上我想到阿叔昨晚跟我說的話。因為阿媽家只有阿媽的雙人床是能睡人的，所以我跟阿叔昨天晚上同睡一張床，大概是二十餘年的孤寂總算能找人訴說，阿叔的話匣子一開就停不下來，他非常熱情地跟我分享了他過去曾經玩過的 Play、用來與同好交流的網站、交往過的男友或性伴侶……我在一個晚上被迫學習了二十世紀末臺灣的 BDSM 發展史，我被迫深入了解了幾個名詞諸如：窒息式性愛、繩縛、皮繩愉虐、BBS 花魁藝色館。最終話題從臺灣性少數史轉到我出生前的家族史，阿叔說當他被阿媽發現是同性戀時，阿媽氣得打了他一頓，逼得他跟阿公一樣離家出走。

「這我知道！阿媽有說過你是『種著阿公的個性』。」

「屁咧！我根本是像到你阿媽好不好！」阿叔頓了頓，「唉……這樣說好像也不對。我應該是種著佪兩个人，做佪的囝實在有夠衰。」

「阿叔，所以你到底是怎麼過世的啊？」我按捺不住，問出心底的終極疑問。

「齣！我說了那麼多你還猜不到嗎？你怎麼這麼笨？」阿叔沒好氣地瞪我一眼，「窒息死的啦！滿意了嗎？」

「喔，這樣喔。」我摸了摸鼻頭，心想，「我這下知道阿媽的喜餅鐵盒裡面留存的那張剪報到底是什麼意思了。」

阿媽在床頭櫃裡面藏著一個喜餅鐵盒子，盒子裡面放有許多重要的東西，如存摺、印章之類的，我曾在小學回阿媽家過暑假時發現過那個盒子，打開之後看到裡面夾著一張剪報，內容大概是同性戀玩 SM 窒息式性愛後死掉被棄屍的報導。阿媽察覺我亂動她的東西，狠狠罵了我一頓，那一次是我難得從阿媽口中聽見關於阿叔的話題。

阿媽說阿叔離開家之後都不知道在外面做什麼，搞到自己連命都沒有了。她要我長大以後不要學阿叔。「橫直，伊攏種著佪老爸啦！無藥醫矣！」阿媽氣憤地下了結論，結束那次的對話。

或許是前有阿叔，後有娜氏仙姑的例子，我考大學的時候，家裡的人都拚命說服我留在南部的大學念書，臺北於他們而言是罪惡之城、情慾漫流之地，如同《聖經》裡的索多瑪城。

過去我一直以為阿叔跟阿公的相像之處在於他們都離家不歸，直到我考完學測的那年暑假，有張訃聞寄到飄散著辣椒香的阿媽家來，上面往生者的欄位寫著阿公的名字，公祭地點在外縣市。阿媽藉口身體不便不打算去，我爸遂帶著我去參加了阿公的告別式。

「爸，你不是說我們跟阿公很久沒聯絡了嗎？那他怎麼知道阿媽家的地址？」

「很久以前你阿叔過世的時候他有來捻香，二十幾年來我們都沒有搬過家。好了，我們要進去了，等一下你不要亂說話，知不知道？」

我爸帶著我進了靈堂，捻著香喃喃自語：「爸，我是鴻忠，今仔日我𤆬咱曾家的長孫來予你看……你免煩惱……。」

那是我第一次看到阿公，雖然只是鮮花環繞的遺照一幅。操持告別式的人是一名氣質斯文的六旬老翁，那老翁穿著西裝，眼角微紅。我是在那時才驚覺到，阿媽口中所說的「阮翁綴人走矣！」的那個「人」，不是女人，而是男人。

我仔細看了一下阿公的訃聞，未亡人的地方仍舊寫著阿媽的名字，但在親族眷屬的末位有一個義弟的欄位署了名。

阿叔真正是家族仔內面唯一種著個老爸的人。

回到阿媽家之後，我發現租客阿梅，也就是那個水電工的越南老婆，正紅著臉、抱著小孩等在大埕上。

「怎麼了？」我一邊把機車停妥，一邊問，「外面太陽很大欸！那麼熱怎麼不待在家吹冷氣？」

「叔叔，沒有了。」阿梅懷中的小女孩揮舞著雙手說。

「什麼叔叔！要叫哥哥！」我摸了摸她的頭，「哥哥剛剛出去了，現在回來啦！」

「阿索，房間有聲音。」阿梅神情尷尬，「對小孩子不好的聲音。」

「嗯？什麼意思？」我愣了半晌，而後才反應過來，「啊！幹！」

三合院的隔音效果不太良好，阿媽的房間隔著一道牆就是水電工租賃的住所。我跑進房間之後，果不其然地看到耳機已經斷開與筆電的連結，接頭孤零零地落在床上，筆電的耳機孔空蕩，男性的喘息和呻吟在整個房間中迴響。

「阿叔！」我一個箭步衝上去蓋上筆電強迫關機，「我不是說要戴耳機嗎？聲音都傳到隔壁了啦！」

「我有用啊！你沒看到喔？」阿叔先比了比自己耳朵上的耳機，然後才意識到耳機線脫離的問題，「咦？歹勢！沒注意到線掉了，難怪我總覺得聲音好像有變小。」

「你再這樣我就不借你筆電了，我才出去一下你就這樣。」

「齁！你很小氣欸！」阿叔鬧起小孩脾氣，把筆電跟耳機塞進我懷裡，「不借就不借，我跟大哥或大姐拿錢自己買一臺。」

「你很無聊欸！你都過四十歲冥誕了還這麼幼稚！」

「你一個晚輩，怎麼用這種口氣跟長輩說話？」

「那你一個長輩跟姪子借筆電看 GV 像話嗎？」我反嗆回去，「你攏幾歲矣！閣想欲佮少年人耍，你的身軀敢會堪得？」

阿叔一愣，被我反嗆得說不出話，屬於阿媽的身體洩氣地垮了下來，而我的眼皮顫顫地跳了幾下。

我跟阿叔僵持不下，誰都沒有發現三合院外有一道汽車引擎聲逼近，過了一會兒，我爸踏進三合院的房間裡，不由分說地先把我罵了一頓。

「阿索！你怎麼可以對長輩不禮貌？你們吵架的聲音外面都聽到了！共你阿叔會失禮！緊咧！」

「我才無愛！我又沒有做錯事！」

我抱著筆電，扭頭出了阿媽的房間，離開的時候還能聽到阿叔幫我說話的聲音。

「毋免啦！伊嘛無做毋著啥物代誌……。」

不知道阿叔跟我爸說了什麼，反正我爸來客廳找我的時候，他已經不太計較我對阿叔沒禮貌的事情了。

「你剛剛跟阿叔在吵什麼？我不是要你好好照顧他嗎？」

「沒有吵什麼啊！就他把影片的聲音放得太大聲了而已。」

「那有什麼？又不是在做什麼見不得人的事情。」我爸聳了聳肩，「你阿叔想要做的事情你有沒有在想辦法？」

「有啦！我有在問人了。不過可能有點難……爸，你有沒有想過乾脆請法師來作法驅鬼算了？」

「驅鬼喔？會不會很痛？」

「應該不會吧！念念咒把他請出去就好啦！電影裡面的惡鬼都是在喊『我不要出去』，又不是在喊『我好痛』，再說，阿叔是阿媽的親人，應該不會害阿媽吧！」

「不會痛苦就可以。」我爸鬆了一口氣，「你阿叔是上吊自殺的，走的時候很痛苦，我希望他不要再經歷一次。」

「阿叔是自殺的喔？」我瞪大眼，「他跟我說是窒息死的，我還以為他是在跟男朋友玩的時候死掉的。」

「玩什麼東西會玩到死掉？」我爸皺眉不解，「還有啊！你阿叔哪敢交男朋友？如果被發現一定會被你阿媽打死好不好！你別看他那個樣子，其實他膽小得很。他沒那個膽交男朋友啦！最多就是上網偷看一些同性戀的東西而已。」

我爸說得肯定，害我不知道該不該相信阿叔昨天跟我說的故事，也許在我爸不知道的時間裡面，阿叔自己一個人暗地做了許多關於性的嘗試。

「可是他說，他有很多男朋友欸，怎麼跟你說的不一樣？如果他說的是真的……」我嚥了嚥口水，「爸，你確定阿媽身體裡面的人真的是阿叔嗎？」

「應該是啦……講話的樣子很像啊……」我爸猶豫了一瞬，目光往阿媽的房間瞥去，「嗯……反正如果有問題，就找司公把他趕出就好了。」

「喔……你說阿叔是自殺，你知不知道原因啊？」

「我哪知道？他就在房間裡，你自己去問啊！」

「為什麼不是你去問？你當人家的大哥都不好奇喔？」

我爸一時無話，良久才幽幽地說：「說真的，我不敢問。萬一他是因為我們家不接受那個、同性戀才決定自殺的……那我、你阿媽還有你姑姑，不就變成害死他的人了嗎？」

「可是他對你們態度很好啊……雖然說死者都是有怨恨或遺憾才會變成鬼，但從他的反應來看，他應該沒有在怪你們吧？」

「一家人哪有什麼恨？有也不敢說好不好！你看你阿媽有說過阿公什麼嗎？」我爸頓了頓，嘆了一口氣，「在心裡可能是會有埋怨啦……唉，人生就是無奈啊！」

「啊！對了。」我爸話鋒一轉，「如果要請司公，等我們把遺產談好再請，這很重要，你要記得欸！萬一你阿媽什麼都沒有說就走了，你姑姑一定又會在那邊跟我吵，很煩！」

「喔，我知道。」

我爸來這裡是為了幫我送盥洗用具，順便試圖拉攏阿叔，但阿叔堅持要所有人在場才能寫遺囑，我爸無功而返，悻悻然回家。

因為只有一張床的緣故，縱然我和阿叔才剛吵過一場架，我仍然得和他同床共枕，基於身為晚輩的禮貌，入睡前我還是跟阿叔道了歉。

「阿叔，對不起，我剛剛不應該對你那麼凶。」

「煞煞去矣！無要緊，我一个大人佮你計較遐濟是欲創啥？我沒有放在心上，快點睡。」

「那阿叔，我可不可以問你一個問題？」

「什麼？」

「你真正的死因是什麼啊？」

「你爸是不是跟你說了，我是上吊自殺？」阿叔嘆了口氣，「我告訴你。我那叫殉情！我跟我的初戀男友在臺北的租屋處一起上吊。」

「可是我爸說……你沒有交過男朋友欸！」

「拜託！你爸怎麼可能知道我的所有事情？」阿叔翻著白眼，「伊都毋是神明乎！」

「那你們為什麼要殉情啊？」

「他家裡的人逼他跟安排好的對象結婚，我不希望他結婚，結果就這樣子了。」阿叔翻了個身背對我，「可以了吧？緊睏啦！」

「喔，晚安。」

我心裡仍有幾分疑惑，但對方不想說，我也就沒有再繼續追問下去了。日子又過了幾天，我接到崑娜打來的電話，他說他找到我要的人選了。

「是調教師還是法師？」

「是法師。我等等把地址和聯絡資訊傳給你，你有空再自己去預約。」

「喔，好。謝謝喔！」

我剛掛上電話，猛一回頭就看到阿媽無聲無息地站在我的身後，一雙眼直盯著我看，我被看得渾身發毛，顫抖著開口：「阿、阿叔，你怎麼站在我後面都不說一聲啊？」

「拄才彼通電話敲來是欲創啥？」他幽幽地問。

「喔，那通電話是……是來說有找到願意跟你玩 BDSM 的人了啦！」

「敢誠實的？」

「真的啦！阿叔，我怎麼會騙你？你要相信我啊！」

「上好是按呢啦！恁祖媽才無咧共你信篤。」阿叔翻了個白眼，「啊恁是啥物時陣欲來參詳分遺產的代誌？」

「喔，應該是最近吧！姑姑他們要找律師來寫遺囑，這樣好像才會比較有法律效力。」

「這麼麻煩喔？好啦！隨便你們這些活著的人怎麼搞。」阿叔碎碎念著，「反正我的願望能達成就好了啦！」

因為家族的叮囑，我們先和律師約好了時間之後，才跟法師那邊約了驅鬼的日期，撰寫口述遺囑的時候，所有阿媽的子孫輩都來了，所有人以阿叔和律師為中心繞了個圓，專心地聽阿叔背誦先前已經和我們說好的內容。

「口座內底的現金予大囝、股票予長女，厝和土地打現金了後一人一半……。」

律師逐一把他的話都記下來，複述一次之後詢問在場眾人有無問題，大家搖了搖頭，臉上有一種「解決了一件大事」的安心，然而就在此時，阿叔一個抬頭，冷不防地說了一句話：「大哥、大姐，小弟我做了敢好？」

看著阿叔天真的表情，所有人都愣住了。

律師的臉一沉，看向阿媽：「阿媽，你閣講一襬，遮的人是你啥物人？」

「阮阿兄、阮阿姐……」阿叔笑嘻嘻地看著我爸和我姑姑，接著指向我，「閣有我的孫仔！」

「阿媽，你敢知影這馬是民國幾年？」

「民國八十八年，我今年二十二歲！」阿叔臉上仍帶著笑。

律師的臉色有些難看，他收起工具，說：「令堂的精神狀況明顯不太穩定，如果有醫生的診斷書，那這份遺囑在法律上可能就不具備效力，因為當事人的神智並不清楚。」

「可是他剛剛分配的時候背得很清楚啊！」我爸試圖挽回局面。

「背？」律師一愣，接著搖了搖頭，「曾先生，若是按呢，我就更加無法度共你鬥相共矣，先告辭。」

律師走後，家族的風暴隱約在三合院的客廳醞起，姑姑沉著一股低氣壓，指著阿叔質問：「你是什麼意思？當初不是說好了嗎？」

「當初的條件是要先達成我的心願，現在又沒有完成，我憑什麼要照你們說的做？」

阿叔的目光掃過在場所有人，「恁莫掠準講我毋知影，恁早就揣好司公想欲趕我出去！」

我嚇了一跳，完全不知道阿叔是從哪裡知道這件事情的，我一直以為我隱瞞得很好。東窗事發，整個家族的心思被戳破，尷尬無處發洩遂成矛頭指向我。

「阿索！你是怎麼顧你阿叔的？還有啊！不是說請司公是最後的打算嗎？」

「嘎？關我什麼事啊？」我傻眼，「明明是你們同意的……。」

「免假矣！若無恁遮的大人同意，伊哪有可能家己去揣司公？煞煞去，看恁遮爾著急愛趕我走，了然喔！」

「你！你臨時後悔搞這麼一齣，我看你根本就不是我小弟！你這樣害我們有什麼目的！你說啊！」姑姑氣急敗壞，高分貝地大吼，「阿索！你現在就去打電話叫司公來！我們把這個孤魂野鬼從阿媽身上趕出去！」

「啊？喔……」我手忙腳亂地從口袋裡掏出手機，正要撥號。

「你敢？毋准敲！」

一聲淒厲的尖叫從阿媽的喉嚨裡爆出來，那聲音像有人用指甲刮過黑板，頭頂上的燈管「啪」地一下滅了，接著電燈像是接觸不良那般閃爍著，一時間氣氛變得十分詭異，阿媽的身體開始抽搐起來，她翻出白眼，嘴角吐出白沫，全家人都嚇了一跳。

「這是怎樣？癲癇嗎？」

「壓住、先壓住！不要讓阿媽咬到舌頭，去拿毛巾來！」

「阿母！阿母，妳是按怎？」

我爸一個箭步衝過去，想要壓住阿媽，但阿媽一把把他揮開，發出低沉的吼聲：「我無愛出去！恁攏莫磕我！」

阿媽的力道出奇地大，我爸摔倒在地，著急地對我喊：「阿索，你在幹麼？來幫忙啊！」

我趕緊跑過去想把阿媽按在藤椅上不要動，但是阿媽掙扎得厲害，我顧忌她的年紀也不敢真的用上全力，一陣混亂之中，我被阿媽無差別攻擊了好幾下，臉上、手臂上都被她的指甲刮傷，隱隱作痛。

「阿媽、阿媽妳較冷靜一下……啊！幹！阿媽、阿媽很痛！不要咬我！」

阿媽吼叫著，一張口咬在我的手臂上，我痛到尖叫，著急地拍阿媽的肩膀希望她恢復神智把我鬆開，好不容易她鬆了牙關，我的手臂上已留下一圈牙印。

我們家太過混亂的噪音引來隔壁租客的注意，水電工阿伯打著赤膊急匆匆地跑到我們家門前，嚇了一大跳，呆立在門口朝門內張望。

「這馬是按怎？」

「阮阿母去予魔神仔附身，這馬佇咧起痟，阮無伊法。」姑姑又急又怕，緊張得哭了出來。

「恁等一下，我去提索仔！」

不一會兒，水電工拿著繩索回來了，他叫我跟我爸一起出力把阿媽的四肢壓住，接著我們三個人合力，把阿媽的身體勉強地綁在藤椅上，不讓她亂動。大概是因為職業的緣故，水電工綁東西的手法顯得很熟練，精準又快速。

阿媽雖然被綁在了藤椅上，但是她的身體仍時不時地抽動著，她扭動全身似是想要掙開桎梏，幸好水電工的手法頗為扎實，讓阿媽徒勞無功。

「伊這愛去廟揣司公看覓，我駛車載恁去。」

水電工的車是載貨的大卡車，我跟他合力把綁著阿媽的藤椅搬上車，接著我們家的人陸陸續續爬上車，在車上席地而坐，阿媽因為坐在藤椅上的關係，所以比我們任何人都高，我們仰望著她，觀察她的狀況。大概是掙扎時用了太多力氣，阿媽現在垂著頭，像是休息，又像是放棄那般。

「少年的，恁欲去佗一間宮廟？」

水電工阿伯用氣音問我，我把手機螢幕上的宮廟地址顯示給他看：「這間，我剛剛聯絡過了。」

「好，我知影矣！」他一邊搖搖頭一邊喃喃自語地坐上駕駛座，「看著鬼，哪會雄雄發生這款代誌……。」

大卡車發動了，引擎轟隆作響，卡車顛簸幾下，載著我們一家人往廟裡去。傍晚夕陽西下，陽光將我們的影子在地面上拉得老長，我看著柏油路上變形延伸的影子，覺得我們現在在地上的剪影看起來像是在運送某尊神像，在藤椅上高出別人一等的阿媽，宛若某尊不知名姓、面容的神佛。

「欸，我們要不要放個佛經還是什麼的？給媽穩定情緒，壓制惡鬼之類的？」姑丈輕聲地問，「這樣就不怕她再像剛剛那樣了。」

「我感覺會當試看覓喔……。」我爸附和著。

「拜託！若是舞無好，顛倒刺激著伊是欲按怎？莫烏白來……阿索你佇咧放啥物歌？」

「我在放阿媽喜歡的歌。」

在姑姑把話說完之前，我已經開了 YouTube 播放謝金燕的〈月彎彎〉，輕柔的樂音飄散，這是阿媽的愛曲，這首歌剛發行的時候，好像是八點檔《家和萬事興》的片尾曲，阿媽是八點檔的忠實觀眾，她很喜歡這首歌（我猜有一部分的原因是因為 MV 裡的謝金燕很漂亮，據阿媽所稱很像年輕時的她），她經常掛在口頭上唱，連中文 RAP 的部分也唱得很順暢。我爸幫她辦了一部手機之後，我就把這首歌設為她的手機鈴聲。

阿媽大概真的很喜歡這首歌，我曾經看過她用家裡的電話撥自己的手機，假裝有人打電話找她，然後靜靜地聽整首歌播完後，再撥一次。阿媽說反正她又不接電話，所以不會花到錢。

「月彎彎，睶我無紅線通予牽……月彎彎，睶我一个人咧怨嘆……。」

我開啟循環播放的功能，在謝金燕抒情溫柔的歌聲中，我們抵達宮廟，一路上阿媽都很安靜。我不太確定這是不是謝金燕的功勞。

事後想想，其實我應該要放阿叔喜歡的歌，然而當下我太慌張了，下意識就播了阿媽的愛歌。除此之外，我並不知道阿叔喜歡聽什麼歌（我總不能放 GV 的呻吟聲出來吧！），我對阿叔的了解實在太少了。

我們把阿媽從車上像抬神轎那樣抬下來搬進廟裡，這時阿媽才恢復了一些知覺，抬起失神的眼眸環顧四周，她的視線最後停在司公身上，那司公大概四十歲上下，穿著道袍，手裡拿著香。

「司公，對不起，這麼臨時聯絡你。」

「沒關係，突發狀況嘛！」那司公看著阿媽，「把繩子都解開好了，在神明面前這樣不好看。」

「敢誠實咧愛敨開？」水電工有點猶豫，「伊這馬氣力真大。」

「嗯，解開。我們把她壓好就好，我請我老婆來幫忙。」

司公請來他的妻子來幫我們壓住阿媽的身體，我們聽司公的話把繩子解開，阿叔沒了繩索的限制便開始掙扎起來，一雙眼直盯著正要作法的司公。

「我無愛出去！你敢知影我是誰人？你哪會當袂認得我？」他嘶啞地咆哮著，「我無愛離開！恁若是硬欲趕我走，我就死予恁看！放手！莫磕我！」

司公沒理他，十分冷靜地繼續念咒，手持線香在阿叔面前揮舞著，線香前端的火光如螢火蟲那般，在冉冉升起的煙霧中飛舞。阿叔的力氣之大，之前在家裡客廳的景象再度重演：我們一群人七手八腳地試著把他壓在藤椅裡，然而阿叔那非凡人可匹敵的力道仍不斷地把我們掙開，他揮舞手腳，拳頭和踢擊不分對象地落在我們身上，連司公的妻子都被他打了好幾下、呸了幾口口水。

「阿媽有歲矣！莫遐大力……。」

「阮晳袂稠……細膩、細膩……唉唷！夭壽！」

「呃啊！我無愛走，我欲踮佇遮！」

阿媽的身體掙動得越來越激烈，四肢和腰部扭轉成詭異的角度，阿媽的身體拱起，臀部已經離開了椅子，我聽見「喀喀喀」的聲音，不敢去想那是不是骨折的聲音。司公手上的線香舞得越來越快，步伐走得越來越急，我無暇去聽、也聽不懂司公口中的咒語到底是什麼，最後司公將手中的線香往阿媽身上一點，低喝了一聲「急急如律令」，他尖叫一聲，翻著白眼噤了聲，口水自嘴角滑下，脫力地跌落在地上。

「阿母！」我爸趕緊把她從地上扶起來，讓她靠在自己身上。

「她等一下醒來之後，我們再看看情況。」司公抹了抹額頭上的汗，「你們辛苦了。」

「不會、不會，謝謝司公。」

「司公，如果我阿媽體內的那個靈沒有走，那要怎麼辦？」我問。

「那就再做一次剛剛的儀式啊！」

「喔……不用用桃木劍還是什麼的打她嗎？」

「不用啦！」司公一笑，「你是電影看太多喔？我們這裡沒有在打人的。」

「那就好……不然我阿媽年紀這麼大了，還要受這種折磨，真的很不忍心。如果要再來一次的話……。」

「你不用擔心，我們先看看情況。」司公盯著阿媽許久，「我看那個靈是走了啦！沒事。」

我看著暈過去的阿媽，目光落在她滿是瘀青和傷痕的身體上，我忽然想起，小時候跟阿媽一起洗澡的時候，我看過她的身上被麻將牌尺打的痕跡，紅色的痕跡遍布她的手臂、胸腹、腰臀和大腿上。紅痕像辣椒醬那樣滲入阿媽鬆弛垂墜的皮膚，印在肉裡面久久退不去，看上去就很痛。

除了紅痕之外，阿媽的身上也有大片的瘀青或細微的擦傷，我一點都不知道它們是從哪裡來的。

「阿媽！妳也被媽媽打了喔？」那時我天真地問，「妳是不是不乖？」

「無啦！烏白講！」阿媽閃躲我的視線囁嚅著，「這是予燒水燙著的。」

「那這些『烏青』呢？也是被熱水燙到的嗎？」

「這……這是我無細膩跋倒的傷，啊你莫共恁阿母講，知無？」

「知！」

日後，幼年的我逐漸發現阿媽受傷的頻率跟她去和水電工收房租的次數重合，我曾在阿媽的房間午睡時，聽見隔壁房間傳來似有若無的呻吟聲，彼時我半夢半醒，不知道那到底意味著什麼，再度陷入睡夢中。

記憶太過久遠，直到今日，它才像含苞的花在腦袋中緩緩將花瓣舒展開來。

●

時間不知道過去多久，阿媽悠悠轉醒。

「阿母？」我爸試探地問著，「妳敢知影我是誰？」

「你是阿忠啊！我的後生我哪會毋知？」阿媽打量四周，「逐家哪會攏佇遮？遮是佗位？」

「妳袂記得拄才的代誌是毋？妳去予惡鬼附身，阮才炁妳來廟內底。」

「按呢喔……。」

「啊妳感覺按怎？」

「規身軀攏咧疼，毋知影是按怎？」

「乎，妳拄才敢若是咧佮阮相舂咧！會疼嘛是正常的。」姑姑鬆了口氣，「敢欲去病院予醫生看？妳的骨頭……。」

「免啦！我無代誌。」阿媽活動了下筋骨，擺了擺手示意無事，「我想欲轉去歇睏。」

「好啊！阿母若是無代誌矣，咱著好來轉矣！多謝司公。」

「不會啦！如果有什麼萬一再來找我。」

我們扶著阿媽正要離開時，阿媽忽然轉頭問司公說：「司公，你敢猶閣會記得曾清發這个人？」

「曾清發？」司公一愣，「讀一中的那個曾清發嗎？我記得啊！他是我高中社團的學弟，之後還跟我一起考到臺北的學校去了，我結婚那天他還有來。怎麼了嗎？」

「伊是我的後生。無代誌，你猶會記得伊就好。」阿媽搖了搖頭，嘆了口氣，「阿索，咱來轉。」

回家時，我們仍然是坐水電工的車，我把搬來的藤椅再搬回車上，因為難得進市區又有大卡車協助，所以姑姑提議順便去一趟大賣場和市場採買東西再回家，於是我們的回程除了藤椅之外，卡車上又多了衛生紙、洗衣精、洗碗精之類的日用雜貨。

阿媽坐在副駕駛座，其他人跟採買的東西一起擠在卡車的平臺上，一只只裝滿東西的塑膠袋放在我們周遭，正中央是空著的藤椅，我們一行人從運神像的信徒，搖身一變成了搬家工人。

回到阿媽家之後，姑姑一家從卡車上把新買的床包搬下來，宣布今晚他們要睡在阿媽家，我這才知道姑姑剛才買的東西有一部分是在為今晚過夜做準備。我爸不放心留姑姑一家人在阿媽家，遂也決定要跟我一起留下來，面對難得的全家團聚，阿媽只是笑了笑，並沒有多說什麼。

到了睡覺時間，我依舊跟阿媽睡在同一張床上，在只有我跟阿媽的空間裡，我忍不住開口對著她的背影發問：「你這馬是阿媽猶是阿叔？」

阿媽掀被子的手頓了頓，而後她緩緩轉過身來看著我：「我這馬是恁祖媽。你認袂出來是毋？無彩恁祖媽共你晟養大漢。」

「無啦！我只是好奇而已……阿媽，阿叔真的有來嗎？」

阿媽深深地看了我一眼，然後撇過視線，說：「有啦！伊有來。」

「敢誠實的？」

「真的啦！我無遐爾仔有才情，閣會曉搬戲。」阿媽鑽進被窩裡面，「這个身軀我佮恁阿叔兩个人咧輪，伊出來的時陣，我就覕咧內底，毋過恁咧創啥，我攏知知。」

「那現在……阿叔真的走了嗎？」

「無啦！伊猶閣佇咧我的身軀內底，伊無離開，我感覺會著。」

「嗄？按呢司公毋就佇咧騙咱？」

「伊毋是刁工的，是你阿叔傷奸巧，覕甲伊揣無。我若是過身，伊應該嘛會佮我做伙消失，恁免煩惱。」

「可是阿叔的願望沒有達成啊？」

「恁阿叔有見著伊的初戀，伊就心滿意足矣！」

「初戀？誰？」我想了想，倒抽一口氣，「彼个司公喔？」

「著啦！」

「可是，阿叔不是在臺北跟他男朋友一起上吊殉情的嗎？」

「殉啥物情？愛兩个人做伙死死咧才叫『殉情』，啊伊家己一个人愛袂著人傷心去吊脰。伊家己戇戇去死，算啥物『殉情』？」阿媽對著隔壁房間的方向抬了抬下巴，「恁阿叔就是佇隔壁吊脰的，索仔的痕跡猶佇咧梁柱頂懸。」

「那阿叔怎麼會知道我要找的法師就是他的初戀情人？」

「伊毋知影啊！拄好拄著爾爾。」

「乎！阿媽，咱規家伙仔若講著阿叔的死，講的攏無仝，我是欲信佗一个？」我懷疑地盯著阿媽，想到她和水電工的事情，「連妳嘛會講白賊。」

「隨在你。橫直恁阿叔人攏死矣！」

阿媽說完就鑽進被子裡面，不再搭理我了，我在阿媽身邊躺下，雙眼盯著天花板，內心浮現一個疑問：想要被鞭打、被綑綁的人，究竟是阿媽還是阿叔的靈魂？

「阿媽，阿叔說他喜歡被別人打，妳知不知道為什麼啊？喜歡痛的話，他可以自己打自己啊！」

「家己拍家己哪有啥物意思？有人共你拍，就表示你毋是家己一个人。」阿媽頓了頓，「恁阿叔，是一个寂寞的人。」

我沉默了一會兒，覺得自己好像觸碰到了阿媽和阿叔的生命核心，他們都有一種長存的失落在心裡面。

「阿媽……。」

「猶閣按怎？你是食飽傷閒是毋？」

「我就好奇，阿媽妳為什麼願意讓阿叔附在妳身上？妳敢袂驚？」

「我欲驚啥？我毋按呢做，恁遮的下輩敢會插我？」阿媽幽幽地說，「若毋是我就欲死矣，恁敢會轉來這个厝？」

「阿媽，妳莫按呢講……。」

「恁咧想啥，我攏知影。」阿媽嘆了一口氣，「阿索，我若是往生了後，你著提我的鐵盒仔出來，內底有恁欲的物件，我攏攢好矣！恁攏免煩惱。我驚死，毋閣我嘛驚我死了後，恁老爸佮恁阿姑為著財產的代誌冤袂煞，規家伙仔親像冤仇人仝款。」

「不會啦！他們雖然一見面就吵架，可是他們畢竟是兄妹，不會真的撕破臉啦！」

「上好是按呢。家和，萬事才會興。」阿媽仰躺在床上，雙手交疊放於肚腹上，闔起雙眼，「好矣，時間到矣，好來睏矣。」

「嗯，阿媽晚安。」

凌晨時分，曦光透窗灑在眼簾上，睡意退去幾分，我處於清醒和眠睡的交際之間，在意識朦朧時聽到一個年輕男子溫柔的嗓音，那個聲音在說：「阿母免驚，妳共目睭闔起來，睏一暝，連鞭天就會光矣。」

緊接在話聲之後的，是阿媽急促的呼吸聲，她的喉嚨裡發出垂死的響聲，聽起來十分不妙，我「唰」地睜開眼皮，從床上爬起來觀察阿媽的狀況，她的吐息只在鼻腔之間，空氣快速地進入又快速地離去，四肢微微抽動著，像存於軀殼中的靈要脫殼而去。

我幾乎無法呼吸，時辰已到，我自知無法多拖延一秒鐘，我握住她的手，說：阿媽莫驚。莫驚惶。綴咧菩薩行、綴咧阿叔行⋯⋯。

阿媽雙眼圓睜，眼神看似渙散，實則盯著房間角落的一處，我順著阿媽的目光看去，那裡空無一物，大概是只有阿媽才能看見的東西。我把視線轉回阿媽，眼淚干擾我的視線，我在一片模糊中看見阿媽閉上了雙眼，安然睡去，被我握住的手沒了力氣，軟軟地垂下。

我遵照阿媽昨晚的叮囑，從床頭櫃中小心翼翼地拿出喜餅鐵盒，我打開鐵蓋，發現阿媽所說的遺囑真的在裡面，上面的內容平均分配了阿媽的財產，那份代筆遺囑的見證人是鄰居阿婆和水電工夫妻倆。而多年前的那張剪報也還在，已是大學生的我能讀出那份報導並不完全，大概是裁剪時只剪下了一部分，最後一行的字只有一半。忽然間我福至心靈，把剪報翻面，這才明白阿媽留存的其實是另外一面的部分。那是一個訃聞，阿叔當年往生後所發的訃聞。

我發了一小會兒的呆，然後才走出房間跟其他人宣布阿媽的死訊，並轉交了喜餅鐵盒。我爸和姑姑捧著開封的盒子，久久沒有說話。姑姑揉了揉眼睛，接著從昨天購買的雜物中找出壽衣和紙尿褲，紅著眼睛說：「趁她的身體還沒有僵硬，我們先幫她換衣服。」

「妳怎麼在阿母還沒往生之前就先買了？不吉利！」我爸輕斥。

「是阿母昨天在市場叫我買的好不好？這顏色還是她自己挑的！她大概……自己心裡也有數。」姑姑瞪了我爸一眼，深呼吸一口氣，「你若是欲鬥相共，緊敲電話叫殯儀館的人來。」

我爸請了殯儀館的人來，決定葬禮要在阿媽家舉辦。禮儀師為阿媽化了妝，將昨天驅鬼時留下的瘀青都用化妝品遮蓋過去，阿媽穿著棗紅色的壽衣，看上去氣色很好。

三合院的正廳被布置成了靈堂，阿媽的棺材停在正廳一角，四周以布簾圍起，阿媽的遺照被懸掛在牆上，相片中的阿媽含笑，目光慈藹，我們在那樣的目光下為阿媽舉行葬禮。

水電工阿伯來悼念阿媽，他對著阿媽的遺照捻香致意：「阿金姐仔，這馬妳的囝兒序細攏佇咧妳的身軀邊，妳毋是孤單一个人，妳莫驚惶。」

我們互望一眼，決定將關於阿媽的祕密都埋藏在心底。

葬禮儀典中司公常說的話又在我的腦袋深處響起，司公搖著司公鈃，鈴聲點綴著他的字句：「這馬你的身軀攏總好了，無病無煞，無傷無痕……。」

蝶

他醒在蝴蝶谷裡。

睜眼所見是蝶翼紛飛，色彩斑斕交錯於天上湖邊，景色浪漫如畫。若是讓他人看見必會引起陣陣讚歎，但胡少秋早已過了會覺得諸事浪漫的年紀，他沒心思詠歎蝴蝶的美麗，尤其是在被公司裁員好一陣子之後。

胡少秋伸了個懶腰，用手背擦去額頭上的汗，他想自己應該是累得睡著了，整個早上捉的蝴蝶已裝滿一袋，不過，僅有一袋的蝴蝶並不足以供給他養家糊口所需。

緊握捕蝶網的手心微微發汗，胡少秋直起身子，活動了下筋骨，然後高舉著捕蝶網朝蝶群奔去，在湖邊溪水的蝴蝶被他雜沓的腳步驚起，騰空而飛，數萬隻蝴蝶在空中驚惶飛旋，如一片帶著炫彩的霧。

胡少秋揮舞捕蝶網，困鎖迷霧之中。

胡少秋的父親是採蝶人，亦是一名蝶畫師傅。胡少秋兒時經常幫忙他父親捕蝶、分類蝴蝶、剪蝶翼……若是捕來的蝴蝶翅翼完整，便會成為他父親手下的標本，反之，如果蝶翼不完整，破碎的蝶翼便是拼貼蝶畫的最佳素材。

他父親的年代，是臺灣蝴蝶加工業最發達的時代。他幼時居住的街道被喚作「蝴蝶街」，整條街都在賣蝴蝶的相關藝品，整個小鎮都依靠山裡的蝴蝶維持生計。胡少秋家裡也一樣，製作標本和蝶畫的收入是他們家重要的經濟來源。

他父親是那種五、六〇年代臺灣鄉間隨處可見的普通老百姓，書讀得不高，家境赤貧，整個小鎮上大多都是這類的人，但他父親有一點與旁人不同，他極有美術長才。

明明沒上過專門學校，也沒學過怎麼畫畫，可是他父親就是有辦法把一張世界名畫或明信片上的風景完整地臨摹到紙上，再以蝴蝶做顏料將畫添上色彩，製作出精緻的蝶畫，曾向他買過畫的客人都覺得他做的蝶畫是全臺灣第一好的。

「我跟你說，你爸爸我就是小時候欠栽培，不然齁……。」他父親總是一邊做蝶畫，一邊這麼嗟嘆。

父親的怨嘆通常只到那麼句「不然齁……。」，接下來的句子全淹沒在嘆氣聲中，還是孩童的胡少秋曾經想過，父親未能說下去的話應該是「我的成就不只這樣」或「我也能當揚名國際的大藝術家」之類的語句。

不過，無論父親所設想的、與他無緣的未來是何等地美好，終歸是空泛，年幼如他都知道，父親這一生都只會是，也只能是一名手藝好的蝶畫師傅，比這更好的誇讚或頭銜，父親都擔當不起。

然而他父親並沒有如他一樣有自知之明，或許是恃才而驕，他父親對自己製作出來的蝶畫相當自負，他常常說，在他這裡買畫，不是客人挑畫，而是畫挑主人。他說這些蝶畫都像是他的孩子，他灌注心力跟時間在養，當然要找個會好好對待他們的買主。

在這樣的心態下，父親的畫通常都賣不太出去，賣的量少，家中經濟負擔自然就沉重了些，他母親為此對丈夫頗有怨言，但他父親從來都沒有正視過妻子的怨懟。

胡少秋是少數能進到父親工作室的人，他常常看父親作畫，他父親作畫的時候，雙眸專注狂熱，早年因種田而粗糙的手沾黏蝴蝶鱗粉，輕柔地挑揀合適的蝶翼，將其塗上南寶樹脂，牢牢地黏於草圖上，蝶翼一片、一片地覆於圖紙，最終集聚成一幅梵谷的《星空》。

「少秋，你看，這是黃裳鳳蝶，有沒有很美？」他父親指著畫面夜空中旋轉流動的星光問他，「送給你當禮物好不好？」

胡少秋看著那些密密麻麻拼貼成點點星光的蝴蝶黃翼，頭皮一陣發麻。要犧牲多少蝴蝶的生命，摘下多少炫目的翅翼，才能成就一幅供人類觀賞的裝飾畫作？這麼一想，一陣噁心感湧上心頭，胡少秋蹙著眉頭說：「哪有美？那些都是死掉的蝴蝶，我才不要。」

「唉唷！亂說什麼，這麼美的東西你怎麼會不懂？」他父親搖了搖頭，轉身把那張《星空》蝶畫裱框，掛上牆壁。

「沒有意外的話，以後這牆上的所有畫作可都是要留給你的。」

胡少秋沉默，父親有一面牆，上頭掛滿父親製作的蝶畫，那些畫是父親的心頭寶，那面牆對於父親而言是藝術之牆，之於他而言則是蝴蝶屍體的展示牆。蝶類的死亡與豔麗共存於這面牆上。

胡少秋不是很喜歡那面牆，因為有些時候，他會從那道蝶牆中看見不尋常的事物，他會看見那些畫中蝴蝶自畫面彼端的世界漫漶而出，魂魄般的白蝶森然，拍打泛白透明的翅翼在空中飛舞，而後一隻、兩隻……數萬隻慘白的蝴蝶往父親身上撲去，將父親包裹成鬼魅般的白色人形，輕薄的蝶翼搧起強勁的氣流，隔絕他們父子倆，使他無法靠近父親半分。

他父親未能知覺胡少秋眼中所見，仍痴痴地望著那面牆。

「真美啊……。」那形如鬼魅的活體如此輕聲讚歎。

自從發現自己能看見白色鬼蝶的那日之後，胡少秋很長一段時間不敢再踏進父親的工作室一步。

●

扛起兩只沉甸甸的麻布袋，胡少秋沿著崎嶇的山路往山外的方向走。

麻布袋裡裝的蝴蝶，一隻不過以公克數計，上千隻的重量加總也有好幾公斤，換算下來幾乎等於背著兩個嬰兒。

他時不時能感覺到袋中的蝴蝶在振翅衝撞麻布袋，彷彿他背著的是一個懷有身孕的女人，女體腹中的胎動不止。這樣的譬喻大概是不合格的，畢竟嬰孩的胎動是新生雀躍，而蝶類的撞擊則是瀕死掙扎。

胡少秋想起自己的妻兒，三十歲那年結的婚，對象是交往多年的女友，婚後三年生了一個兒子，是個早產兒，因為早產的後遺症，兒子腦部缺氧，造成腦性麻痺，兒子口歪嘴斜，手腳不協調，像是某種立體派畫作，懸掛於整個家族最難以忽視的地方。

他高中時期在課堂上看過一部關於蝴蝶的生態影片，影片中的蝴蝶破繭而出之後，要先停在枝幹上曬乾蝶翼，等候翅翼乾燥，蝴蝶才能有力地拍動翅膀飛上天際。

這個階段決定一隻蝴蝶的存亡，不夠幸運的，會在等待期間遭獵食者捕食；不夠有耐心的，勉強張開翅翼飛行，飛得不夠快、不夠穩，最終也是落得進鳥獸肚腹的命運。

胡少秋不止一次地想過，若將兒子比作蝴蝶，他大概就是那種急於飛行的蝴蝶，等不及所有器官都發育完全，便趕著向世界宣告自己的存在，到了最後，兒子與蝴蝶向世界展示的，是己身不可回逆的殘缺。

這個譬喻大概還是不恰當的，蝴蝶怎麼能跟人類相比？蝴蝶的習性是不育幼的，但是人類，人類怎麼能不照看自己的親生骨肉呢？

思及此，胡少秋抹了抹臉面上的汗，加快回程的步伐。

●

胡少秋的父親對蝶畫的著迷遠超過對家族的關心，一開始父親做蝶畫是迫於生計，但到了中後期，他父親像是對破碎蝶翼組成的大千世界著了迷似的，日日躲在自己的工作室裡作畫，對家庭的諸般細瑣一概不管。

他母親對丈夫的荒唐甚感不滿，兩人常常為此爭吵，夫妻感情日漸不睦，在某個他忘記日期的夏夜，他父親再也沒回過家。

父親失蹤許久的某天晚上，喝醉酒的母親搖醒夜半熟睡的他，帶著他衝進父親的工作室，把父親掛在牆上的那些蝶畫一一卸下，找了塊空地生起一把火，將所有父親收藏的蝶畫全燒了。

他默默立在她身後，看她如何發了瘋似的將一幀幀蝶畫扔進火堆裡，火光將母親的身影裁成一隻扭動的蟲，蟲足在空中揮舞，拍動並不存在的翅膀。他想起那些被他剪掉美麗蝶翼的蝴蝶，那樣子的蝶類只剩下漆黑的、令人作嘔的中央軀幹，一具蟲屍，易腐且毫無價值，加工產品中的廢棄物。

「不回來就算了，看我怎麼收拾你這些東西。」他母親一手抹著眼淚，一手搖晃半空的酒瓶。

酒液滴落，落在舞得張揚的火堆上，火舌驀地高高竄起，將所有蝴蝶捲進赤焰。畫中的繽紛蝶翼在烈火中焦黑、脆化，從翅翼外緣開始碎裂崩解，逐步化為灰燼。

牠們又死了一回，這回連蝶屍都不得留下。

胡少秋的目光越過母親往火堆看去，他再次看見那些瑩白的蝴蝶，振著翅膀自火焰裡出逃，朝他撲面而來，他揮舞著雙手阻擋無實體的鬼蝶，蝴蝶圍繞著他和他母親飛舞，蝴蝶翅翼振動之間帶著鬼魅的訕笑，蝶翅上的斑紋交織出一張張猙獰的鬼臉。胡少秋悚然心驚，雙手擺動的幅度越來越大……。

蝴蝶紛飛，因他揮手驅離的動作，轉而朝他母親飛去，他看著大量白蝶停駐在母親身上，遮蔽母親的衣著、頭髮與醉酒酡紅的臉容，他想，她這下可終於也有了蝴蝶翅膀，但那麼大量的翅翼，卻沒有任何一雙能帶著她飛離現實，反而是把她給壓沉了，本該是沒有重量的幻覺，卻在層層虛無疊加中佝僂了母親。

那天夜裡，他覺得母親蒼老得不似人形。

●

手機鈴聲突然響起，在無人的山間顯得特別刺耳。

胡少秋放下背上的麻袋，騰出手從口袋裡掏出一支手機，手機上的來電顯示是妻子的名字，他嘆了一口氣，接起電話。

「喂？」妻子的聲音在手機那端響起，「是少秋嗎？」

「嗯，是我。怎麼了？」

「其實也沒什麼事……。」妻子欲言又止地說著，「那個……其實今天是兒子要去復健的日子，想問問你能不能跟公司請個假，陪我一起去……你也知道，他長大了，體重增加不少，我一個人……。」

「今天不行，我最近很忙。」

「工作很忙啊……那你今天又要加班，不回家，直接住公司了嗎？」

「嗯。」他不敢跟妻子坦白自己已經被裁員的事實，「這幾天應該都不會回去，兒子就拜託妳照顧了。」

手機另一端傳來嘆氣聲，她的語氣聽來疲憊：「我知道了。那你先去忙吧！工作上好好加油啊！」

胡少秋心虛地應了聲「喔」，然後匆匆結束通話。滑掉通話的畫面，手機的桌布跳了出來，年輕的妻子在螢幕中朝他甜美一笑，那是他們蜜月旅行時他幫她拍的照片，背景是一大片花田，陽光正好，風景明媚，妻子身穿淡粉色的紗質洋裝站在如畫的景色裡，微風吹起衣襬，粉紅色的衣料在風中飄揚，乍看之下竟似翅翼，正要帶著妻子如蝶般飛去。

他看著手機桌布發愣，不過是幾年前拍的照片，現在看起來卻陌生得像是上輩子的事情。自從生下兒子以後，妻子就不曾笑過了，她總是眉頭深鎖，一副抑鬱寡歡的樣子，他無法面對那樣的她，因為妻子現在的樣子總讓他想起已逝的母親。

母親的一生，好像在結識父親之後就結束了，她早早成婚進入家庭，跳過羽化成蝶的部分，直接化為生產鏈上預備丟棄的蟲軀，連能翱翔的翅翼都不曾擁有過。

若說母親的翅膀是消磨在父親與不幸的婚姻裡，那妻子的翅膀應該就是被他拔走的，他熟練且毫無罪惡感地卸下她的羽翼，如他童年時在蝴蝶加工廠所做的一樣。

他機械式地剪下蝴蝶的翅膀，留下堪用的蝶翼，丟棄蝴蝶軀幹的無用部分，有些時候他手中的蝴蝶尚未完全死透，當剪刀的刀片彼此接觸的時候，他能感受到雙指間的蝴蝶一顫，吃痛般地伸出口器，而後僵直，一動也不動。

這種時候他就會想，要是那隻蝴蝶早早死去那該有多好，何必在臨死前還須忍受翅膀被人強行摘下的劇痛？蝴蝶尚會掙扎，他的妻子倒是溫順許多，任憑自己的翅膀被他摘下。

胡少秋忽然覺得非常、非常地對不起妻子。他加快腳步，出了山谷回到自己近日的居所，他的父親那荒廢已久的工作室。

●

父親離家之後，家裡就沒有人在做蝶畫了，母親開了間小雜貨店，而他發憤念書，立志擺脫困窘的生活。

他早早離開故鄉，到外地念書工作、娶妻生子，再後來，小鎮的產業沒落，故鄉的土地大量被開發，破壞了蝴蝶的棲息地，山谷的蝶量下滑，小鎮做蝴蝶加工的人家紛紛改行或移往其他城市發展，「蝴蝶街」逐漸沒了名聲，退隱在眾人的記憶裡。

偶爾回鄉仍或多或少能聽見老一輩的人說起蝴蝶加工的往事，自嘴唇中迸出的語句帶著緬懷的意味，他們想念那個因蝴蝶而熱絡的小鎮生活，他卻剛好相反，他打從心底厭惡加工蝴蝶的工作；他厭惡整條「蝴蝶街」；他厭惡他父親，他成長的過程中一直在學習革除所有蝴蝶與父親在他身上栽下的根。

直到進入職場，他才驚覺幼年的習慣仍附著在他身上，未曾根絕。他下意識地將工作夥伴及上司分類編號，所有與他相處的人類在他眼中都是一隻隻的蝴蝶，他認清他們的為人與喜好，如記得蝶類的習性與食草，畢竟唯有記住那些細瑣才能準確地捕得某些特殊品種的蝴蝶，為自己帶來利益。

他記得自己第一天進公司時，公司高層對著他們這些新鮮人狠狠地灌輸了許多無用卻聽來有幾分道理的話：「你們每個人都是公司不可或缺的小螺絲釘，只要少了你們，這部大機器就無法順利運轉……所以你們要好好負起責任，在自己的工作崗位上好好努力，為公司付出……公司當然也不會虧待你們……。」

那是場漫長的演說，胡少秋的思緒被流水般的語句沖散，僅剩一絲清明還在腦中浮沉，他百無聊賴地望著臺上那些一字排開、舒服地坐在位子上的上司們，他們每個人都西裝筆挺，隱約睨著臺下的人們，當中不乏年輕的臉孔，從外表看來應該不比他大上幾歲。

他聽見司儀的聲音透過麥克風傳來：今年有不少青年才俊在公司擔任要職，這位是老總的孫子、那位是董事長的兒子……他把一番恭維的話聽得恍惚，整個公司彷彿是個巨大的蝴蝶加工廠，每隻蝴蝶依照稀有度和翅翼的完整性分類：「A級」做標本、「B級」做假蝴蝶、「C級」做蝴蝶貼畫……。

只有本身條件夠好的蝴蝶，才能憑藉自身的絢麗擁有價值，即便死亡也依然能保留完整的翅膀，彷彿在死後仍然擁有可以騰空飛起的能力，但蝶翼有損的蝴蝶則不然，不夠完美的蝴蝶只能依靠同樣殘缺的群體來展現己身價值，於是破碎的翅翼要變得更加破碎，才能與其他同類一起被拼貼成畫，提升自己可被金錢衡量的美麗。

胡少秋覺得，人類和蝴蝶在這個層面上應該是一樣的，只有特定的某些人才能憑著先天或後天的優勢在自己的領域裡一枝獨秀，餘下的其他人只得隱身於群體之中，默默付出，以群眾的成就為自己的目標。

從公司下班回家後，胡少秋把這番體悟告訴妻子，她抱著四肢無力的兒子默默地聽他說話，經過整日的家務勞動，又要撥出心神照顧兒子的她此時早已疲憊不堪，胡少秋的一席話自她左耳進，再從右耳出，停滯的腦袋放棄運轉。

她不是很明白胡少秋究竟想表達什麼意思。

待他說畢，過了許久她才從放空狀態中回魂，緩緩地問了一句：「所以，你的意思是，只有某些蝴蝶才能死有全屍，其他的只得活該被碎屍萬段？」

胡少秋被妻子的話弄得一愣。

「話不是這樣說……不對，要這麼說好像也可以……。」

「嗯。」她勉強睜開快閉上的眼睛。

「其實我原本不是這個意思，不過妳說得也有道理……。」

「是吧！不過我覺得人和蝴蝶還是不同的，人比蝴蝶好一些。」她打了個呵欠，「至少人不用等死了以後才顯得有價值。」

●

胡少秋把已經死透的蝴蝶倒在桌子上，蝶屍密密麻麻地平鋪桌面，占據了大半張桌子，此番景象使他不由得想起最後見到父親的那天。

準確地說，應該是見到父親遺體的那天。

被公司裁員的第二週，胡少秋接到警察局打來的電話，說是在一處小套房裡找到一具死亡多時的遺體，經過調查之後發現應該是他失聯已久的父親。

他趕到現場的時候，一打開門，立刻被眼前詭異的景象所震懾。

那是個不到十坪的小套房，窄小的房間放眼望去都是蝴蝶，蝴蝶標本與蝶畫掛滿四個牆面，大小不一的蝴蝶養殖箱擺放在房間各處，每個箱子框出各式蝶類的生命週期。房間中央有一張翻倒的小桌，小桌壓碎了其中一個養殖箱，裡頭的十來隻蝴蝶已經死亡，攤著翅膀一動也不動，破碎的蝴蝶翅翼混著玻璃碎片散落於地，鱗粉和玻璃閃閃發光。

父親倒臥在小桌旁邊，頭部周遭的地板染血，血液早就乾了，他的遺體幾乎被蝴蝶屍體所覆蓋，密密麻麻地，一時之間竟找不到半吋裸露於外的皮膚。胡少秋猜想這應該是因為養殖箱無蓋，蝴蝶在箱裡箱外的世界來去自如，然而在父親死後，一段時間沒有人負責更換蜜源和食草，房間的窗子緊閉，蝴蝶無法飛離房間覓食，父親所飼養的蝴蝶一一餓死，死去的蝴蝶落在房間各處，包括他的屍體上，不少蝶屍浸在父親的血泊裡，那灘血看起來竟像是從蝴蝶體內流出來的。

他覺得父親的房間是一個有機生命體，某種能自行長出蝴蝶的奇異生物，這個房間分泌體液，順著牆壁緩緩流下，而後凝固形成無數個蝶狀的、絢麗的腫塊，戲劇性地死在房間中央的父親是牠難得的食物，他還在牠的胃袋裡，尚未完全消化。

警方說父親應該是年紀大了，失足跌倒後，頭部撞到玻璃的養殖箱，碎玻璃劃破他的前額，造成他頭部重創，失血過多致死。由於父親獨居，又不太與鄰居往來的緣故，他的遺體一直到死後多日才被來催繳房租的房東發現，房東報了警，警察調查了父親的身分，而後找上胡少秋。

後來胡少秋在附近鄰居的描述下拼湊出父親離家之後的生活，各人的隻字片語連綴成文章，串聯出父親的微小傳記。

他父親是在十幾年前搬進這座小套房的，每個月向房東繳交低廉的租金。他在屋裡養起大量的蝴蝶，日日在社區裡採摘花草，藉以當作蝴蝶的食物來源，每每他出門時，總有幾隻蝴蝶會跟在他身後自房裡飛出，父親與蝴蝶似是相依而生的兩個物種。他在鄰居們眼中是個養蝴蝶的獨居老人，他們說他孤僻冷漠，一向不與他人多作接觸。

父親出走的這段時間，白日四處打零工，晚間回歸做蝴蝶加工的老本行。鄰居們說最近有個中年男子時不時來找他父親，在胡少秋今日出現之前，他們一直以為那名男子是他的兒子。

胡少秋好奇起那名男子的身分，卻苦於線索稀少而不知該從何找起，沒想到，那名陌生男子卻主動找上了他。

發現父親遺體的幾日後，他到父親的套房裡收拾東西，並和房東約好了時間，在父親的套房裡繳清了父親欠下的房租，房東走後，套房的門被人敲響，打開門一看，門外站著一個他素未謀面的中年男子。

那男子穿著一身黑西裝，一副生意人的打扮，戴著眼鏡，鏡片之下的目光帶著幾分驚訝。

「請問，胡平先生在家嗎？」

胡平，那是他父親的名字，胡少秋已經有許多年沒聽過父親的姓名，在他離開以後，蝴蝶以及與父親有關的一切均成為家族塵封的話題。

「他不在，我父親前陣子死了，我是他兒子。」胡少秋簡略地回答，「你又是誰？我聽說你常常來找我父親，你找他做什麼？」

「我？我姓黃，是來找他買畫的。」

「買畫？」胡少秋略感訝異，畢竟據他所知，父親這輩子只會畫一種畫，「你是來買蝶畫的？」

「是啊！家父幾十年前曾向胡師傅買過好幾幅蝶翅貼畫，家父很讚賞你父親的作品，覺得你父親的手藝很好，做的蝶畫很精緻。」黃老闆笑了笑，「只可惜，家父後來移居美國，原本託我這次來臺再幫他買幾幅蝶畫回去收藏，但現在臺灣似乎沒有人在做蝶畫了。」

「因為開始有生態保育的概念了啊！為了保護蝴蝶，現在政府已經不准老百姓任意捕殺蝴蝶了。」胡少秋一面解釋，腦中一面回想起童年時賴以為生的「蝴蝶街」。

那樣依賴蝴蝶的年代已經過去了。

「我明白的，前陣子去過原本有賣蝶畫的店家，他們都是這麼說的。後來我聽說你父親這邊還有一些他自己留作收藏的作品，所以我才來拜訪他，問他願不願意把畫賣給我。」

此話不假，胡少秋在父親的套房裡確實有找到兩、三幅蝶畫，那些畫應該是他早期的得意之作，所以他才會帶著那些畫離家，跟隨著創作者遠走的畫作是幸運的，免除了被火焚燒的命運，父親的其他作品，包括那幅他說要送給他當禮物的星空蝶畫，都在那場母親縱起的夏夜大火中付之一炬，一點都不剩。

「那我父親有答應把蝶畫賣給你嗎？」

「要是他願意的話，我又何必一直往這裡跑？」黃老闆語調無奈。

「也是。」胡少秋不禁莞爾。

「不過話又說回來，如今你父親已經過世了，那他的畫……。」黃老闆欲言又止地看著胡少秋，「你父親的蝶畫能不能賣給我？」

胡少秋一愣，在心中盤算著，父親留下的蝶畫於此刻的他而言並無多大用處，留著也只是占空間，更何況他本來就不喜歡蝶畫那種由死亡堆疊而成的藝術美感，那樣的美麗太過病態，老是讓他心生不適。

思慮已定，他開口試探對方：「你出價多少？」

黃老闆聽他這麼說，眼睛忽地一亮，出了一個讓胡少秋睜大了眼的高價，他怔怔地開口：「這、這會不會太高了些？」

胡少秋從未想過他父親的畫竟然有如此之高的價值。

「這價錢是應該的！有些作品要等到創作者死後才能顯出它的價值來，因為創作者已經無法再繼續作畫了。像梵谷就是一個很好的例子。」黃老闆解釋著，「老實和你說吧！其實你父親的作品在國外的蝶畫收藏家之間算得上是受歡迎的，很多收藏家都想要買你父親的蝶畫，就算價格高些，他們也願意付。」

聽完黃老闆的一席話，胡少秋腦子裡忽然竄出一個念頭，父親留下的畫，不論開價多少都會有人買，那麼……。

這陣子的日常片段一幕幕浮現在腦海裡：妻子憂慮的面容、兒子無力癱軟的身軀、皺起的代繳帳單與房貸、因失業而每日在外遊走失魂落魄的男人……一切瑣碎的蒙太奇鏡頭積累成重擔，從腦袋裡垂直下墜到口腔，沉沉地壓迫喉舌，他聽見自己的口舌如想擺脫負擔似的屈起平伸，一連串的語句連帶地脫口而出。

「如果、如果我說，我老家還有一些我父親留下的蝶畫，你願不願意一起買下？」

作畫期間，他日日做起惡夢。

●

他其實不太確定那是否為夢境，事件發生的場域介於現實與虛幻之間，似夢非夢，他眼前再次出現那許久未見的森白鬼蝶，那些蝴蝶從他的指尖竄出，一隻接著一隻，他的十指像水龍頭一般，不斷流出汁白的蝴蝶，白色翅翼沾黏他手上的鱗粉，微光流轉成詭譎的色澤。

他將雙手緊握成拳，死死地用掌心肉抵著指尖，指甲把皮肉都扎出血來，但如此舉動仍沒有讓白蝶消失，牠們改而從其他地方飛出，手背、臂膀、胸口、大腿……上千萬隻蝴蝶穿出他的肉身飛舞，透過他的肌理穿梭在工作室各個角落，他體內宛若儲存了無可數算的白蝶，他是鬼蝶的棲息處，他是中空的。

他想要放聲尖叫，從喉頭竄出的卻不是他的聲音，而是群體振翅飛出的幽靈蝶，他想要呼吸空氣，白蝶卻不斷自鼻孔湧出，令他幾乎窒息……然後他會在某個瀕死的時刻脫離那樣的狀態，重新聚焦在自己手上的工作。

胡少秋時不時會望著自己沾滿鱗粉的雙手發愣，自己的手與父親的手重疊，有些時候他會想，蝴蝶鱗粉會不會是某種魔法藥粉，父親藉由他的雙手還魂，替他完成這幅梵谷的《星空》。

想來著實諷刺，他是那麼想背離、捨棄父親的，卻仍是成為了如父親那樣的人。成為捕蝶人，成為蝶畫師傅，藉由殘殺其他生命來維持自己與妻兒的生活所需。

一片又一片、一對又一對，他在手起手落之間虛構一個美好夜空，貼上最後一片蝴蝶翅翼，在完成畫作之際，他看見星空中的蝴蝶凌空飛起，與滿室白蝶共舞。

後記

鄰近出書的關頭，腦袋裡面依舊會響起質問的聲音：「妳出書的勇氣是誰給的？梁靜茹嗎？」

「不。」我腦中的另外一個聲音無比認真，「是無知。」

因為對自己、對自己的寫作不太了解，所以什麼都想嘗試看看，寫完了就去拿去投稿比賽（運氣好還可以賺錢！），透過評審、旁人的回應勾勒自己書寫的輪廓。借一雙別人的眼睛，看見他們讀到的我。將每一次的反饋構築、累積成自己，然後模模糊糊地明白，喔，原來在其他人眼中，我的書寫是這個樣子的。

無知生出勇氣，把大學四年來寫的文字寄給九歌的編輯，像一種紀念儀式，像進行一場畢業期末考，測驗自己的寫作能到什麼程度？事後回想，除了無知的勇敢，大概還有畢業後可能找不到工作的生存焦慮從中作祟，我不確定自己到底能不能寫，害怕自己誤以為自己能寫，走上其實不那麼適合我的路。

編輯揀選篇章，擇出可以選錄成書的短篇小說。我不相信自己，所以選擇至少要相信別人，不然在這世上沒有可信之物，該有多麼孤單？

拿到小說校對稿，重新把所有文字閱讀一次，發現每篇小說都有反覆的主旋律：傾斜的家族、偏離常態的身體、諸多傷痛與死亡。小時候亂看書，曾讀過莎士比亞的 Titus Andronicus，被強暴且被割去舌頭與雙臂的拉維妮亞，最後以口含木條寫字的方式，指控了傷害她的人。那是我對文字最原初的認識：指稱暴力，學會使用文字，嘗試證明自己的記憶和經驗真實存在，我的小說從這樣子的土壤裡面長出來，用各種方式表演、指認傷與哀。文學有沒有可能是，盡力描述那些無以名狀之物，讓背負不同地獄的人們相互靠近彼此一點點？

在大學的時候修過一堂課，課堂上教授說過一個故事：有一個人問禪師人要如何才能得到喜樂，禪師回答：「不要出生。」

不要出生，生老病死便都與之無關，沒有狂喜，亦無苦難災厄。然而，能提問的人都已經存在於世，在千瘡百孔的情況下，姿態萬千地活下來。抑鬱的時候想過死掉這件事，我想知道別人是怎麼活下來的，所以我寫字，寫小說是我回應「活著」這件事的方法。因為要寫，故試圖逼近別人的人生（但寫小說的時候想像力仍發揮莫大作用），把自己從原本的生活拔出來，丟到另外一個地方去，安安靜靜地長成空瓶，什麼都藏不住，亦沒有什麼能藏。

我對自己是空瓶的事情焦慮不安，我到底為什麼能在一本書的最後寫後記呢？想來想去，大概是運氣好的緣故，感謝這份運氣，感謝九歌的編輯團隊，感謝朱疋為此書畫了如此可愛的封面，感謝為我寫序的文學前輩們，感謝幫我檢查臺語用字的朋友和學長，感謝看見我的人，感謝生命中曾出現過的天使和魔鬼，感謝我那有點奇怪的原生家庭，我的書寫動力源自於那一片暗影，寫下的字是火光點點，以看清、指稱黑暗中的蟄伏之物。

最後，感謝購買此書撥冗閱讀，並翻到後記（忍受我碎碎念）的你／妳。

何玟珒

寫於二〇二二年驚蟄

九　歌　文　庫　　1　3　7　6

那一天我們跟在雞屁股後面尋路

國家圖書館出版品預行編目 (CIP) 資料

那一天我們跟在雞屁股後面尋路 / 何玟珒 著 . -- 初版 . -- 臺北市 : 九歌出版社有限公司 , 2022.04
面；　公分 . -- (九歌文庫 ; 1376)
ISBN　978-986-450-428-2 (平裝)
863.57　　111002752

作　　者——何玟珒
責任編輯——張晶惠
創 辦 人——蔡文甫
發 行 人——蔡澤玉
出　　版——九歌出版社有限公司
台北市 105 八德路 3 段 12 巷 57 弄 40 號
電話 / 02-25776564・傳真 / 02-25789205
郵政劃撥 / 0112295-1

九歌文學網　www.chiuko.com.tw

印　　刷——晨捷印製股份有限公司
法律顧問——龍躍天律師 ・ 蕭雄淋律師 ・ 董安丹律師
初　　版——2022 年 4 月
初版 3 印——2024 年 2 月
定　　價——300 元
書　　號——F1376
I S B N——978-986-450-428-2
9789864504305（PDF）